Diogenes Taschenbuch 21518

Henry Slesar
*Die siebte
Maske*

*Kriminalroman
Aus dem Amerikanischen von
Gerhard und Alexandra
Baumrucker*

Diogenes

Titel der amerikanischen Originalausgabe:
›The Seventh Mask‹
Copyright © 1969 by
Proctor & Gamble Productions, Inc.
Mit Genehmigung der
Ace Publishing Corporation, New York.
Umschlagillustration von Hans Traxler

Alle deutschen Rechte vorbehalten
Copyright © 1987 by
Diogenes Verlag AG Zürich
100/87/36/2
ISBN 3 257 21518 5

1

Die Nacht ist wie ein Gewebe, dachte Adrienne Haven, als sie sich in die Ecke des Taxis kuschelte. Schwarzer, tiefschwarzer Samt. Oder marineblaue Seide. Oder mit Pailletten besetzter schwarzer Satin, wenn die Sterne glitzern. »Poesie«, sagte sie laut und kicherte, und der Fahrer wandte ein wenig den Kopf. Sie blickte auf seine Identitätskarte. Diese besagte: ›Taxi Nr. 831, Schatz, Bertram; Lizenz ungültig, wenn Fahrer keine Brille trägt.‹ Adrienne beugte sich vor, um nachzusehen, ob Schatz, Bertram, die vorgeschriebene Brille trug, und so war es: Er hatte eine schwere Hornbrille mit dicken Gläsern auf. Er merkte, daß Adrienne ihn musterte, und lächelte, ohne die scheinwerfererhellte Landstraße aus den Augen zu lassen.

»Alles in Ordnung, Mrs. Haven?«

»Danke, alles bestens, Mr. Schatz«, sagte Adrienne, erfreut, daß er ihren Namen kannte. Woher eigentlich? Dann erinnerte sie sich an Louise Capice, die an der Gartenpforte von Orchard Hill dem Fahrer eingeschärft hatte: »Passen Sie gut auf Mrs. Haven auf, ja?« Und Phil Capice, der wie immer verwerflich gut aussah, hatte sich erboten, sie nach Hause zu bringen. »Aber ich fühle mich wohl, meine Lieben, ich fühle mich geradezu blendend«, hatte Adrienne gesagt oder glaubte zumindest, es gesagt zu haben, denn sie war ihrer Zunge nicht mehr ganz Herr gewesen, hatte eine Kleinigkeit zuviel getrunken. »Ich fühle mich bestens, blendend«, sagte sie jetzt und sank in die Kissen des Rücksitzes von Taxi Nr. 831.

Ein paar Minuten später erkannte sie die Einfahrt ihres Hauses, die hohen Linden neigten sich zum Willkommen. Als sie in die Kurve einbogen, sah sie das Licht in Walters Arbeitszimmer; der Rest des Hauses wirkte dunkel und düster. Der Fahrer hielt, stieg aus und öffnete die Fondtür.

»Das tut in New York keiner«, sagte Adrienne und stieg aus. Sie blieb mit dem Absatz im Kies stecken und wäre beinahe gestolpert. Dann suchte sie in ihrer Handtasche, aber der Fahrer winkte ab.

»Schon erledigt, Madam. Das hat Mr. Capice bereits geregelt.«

»In New York macht einem keiner die Tür auf«, sagte sie mit einem charmanten Lächeln, das er nicht sehen konnte. »Gute Nacht, Mr. Schatz.«

»Gute Nacht, Madam.«

Beim Eintreten dachte sie noch darüber nach – über die Unterschiede im Benehmen der Taxifahrer von Stadt zu Stadt. Sie war in einer Kleinstadt in Ohio geboren, wo der einzige Taxifahrer gleichzeitig Bahnhofsvorstand, Postmeister und Gemeindeschreiber gewesen war. Mit zweiundzwanzig war sie nach New York gegangen, auf der üblichen Suche nach dem Etwas, das Großstädte zu bieten hatten. Ehemann? Karriere? Adrienne hatte keines von beidem in New York gefunden. Die gelben Taxis wimmelten auf den Straßen wie Küken auf einem Bauernhof, so zahlreich, daß Adrienne nicht widerstehen konnte. Ihr mageres Sekretärinnengehalt schwand mit dem Ticken der Taxameter dahin. Eines Sommers wäre sie fast buchstäblich verhungert; da änderte sie ihre Lebensgewohnheiten und stieg in die Untergrundbahn um. Aber die Menschenmassen erschreckten sie; die Hitze machte ihr zu schaffen; sie bekam Krankheiten, die sie daran hinderten, zur Arbeit zu fahren. Monatelang war sie arbeitslos. Sie war ein schönes Mädchen. Alles mögliche hätte ihr passieren können, und einiges passierte auch. Endlich entschloß sie sich, krank und elend, nach Hause zurückzukehren. Ihr verwitweter Vater betete sie nicht nur an, er war auch Arzt und konnte sie heilen – mit Liebe und mit Medizin. Mit beidem überschüttete er Adrienne, und für lange Zeit war er der einzige Mann, der ihr etwas bedeutete. Dann zogen sie nach Monticello, und sie traf Walter Haven.

Walter. Sie stand im Vorraum ihres gemeinsamen Heims und dachte: Walter. Eine Woge von Gefühl überkam sie. Walter fehlte ihr. Er war nur ein paar Meter entfernt, aber er fehlte ihr. Dann dachte sie: Ich muß betrunken sein. Der Gedanke war ernüchternd. Walter würde von ihrem Zustand nicht begeistert sein. Nicht, daß er etwas gegen Alkohol hätte, aber er nahm an, daß nette Leute die Finger davon ließen. Und Walter stand auf der Seite der netten Leute. Sie lachte glucksend. Du hättest mitkommen sollen, Walter. Du bist selbst schuld.

Aber Walter kam fast nie mit, wenn Adrienne ausging. Er sagte, er sei zu müde. Er sagte, er habe zuviel zu tun. Und einmal hatte er mit jungenhaft-entwaffnendem Lächeln behauptet, er sei zu alt. Der Altersunterschied zwischen ihnen betrug achtzehn Jahre. Während des ersten Ehejahrs hatte es ihnen nichts ausgemacht. Jetzt, im zweiten, schien es allzuviel auszumachen.

Wie gesagt, Walter fehlte ihr, und sie war betrunken und entschlossen, ihn einfach zu becircen. Adrienne ging ins Arbeitszimmer und fand Walter. Er war tot.

Daran bestand für sie nicht der geringste Zweifel. Die Idee, Herz- und Pulsschlag zu kontrollieren, ihm einen

Spiegel vor den Mund zu halten, kam ihr gar nicht in den Sinn. Walter war tot, daran gab es nichts zu rütteln. Er saß am Schreibtisch. Sein Kopf, zerschmettert und blutverschmiert, lag auf dem grünen Löschpapier, das sich rot gefärbt hatte. Auf dem Boden lag ein Revolver, den Adrienne kannte. Es war Walters eigener zur Selbstverteidigung. Sie erinnerte sich, wie lässig er ihr die Waffe gezeigt hatte. »Für den Fall eines Falles«, hatte er gesagt. Für welchen Fall, Walter? dachte sie und wunderte sich, weil sie so gar nicht reagierte.

Dann erblickte sie die auf dem Teppich verstreuten Papiere, und ohne zu wissen warum, starrte sie sie an. Auf dem Schreibtisch war nur ein Stück Papier zurückgeblieben, festgeklemmt unter den Fingern von Walters linker Hand. Es zog sie magisch an. Sie ahnte, was es sein mußte.

Es war eine handgeschriebene Mitteilung in Walters vertrauten Schriftzügen, bewundernswert präzise für einen Mann, der im Begriff war, sich das Leben zu nehmen.

Die Nachricht lautete: ›Adrienne, Liebste, verzeih mir.‹

Jetzt kam das Entsetzen. Die handgeschriebenen Worte, dieses Bindeglied zwischen dem Lebenden und dem Toten, beschworen die Wirklichkeit wie einen Dämonen. Adrienne bedeckte die Ohren, nicht die Augen, mit den Händen und schrie lautlos. Dann machte sie kehrt und rannte zur Tür.

»Julian!« kreischte sie und wollte auch noch nach der Haushälterin rufen, als ihr einfiel, daß das nichts nützte; Julian hatte seinen freien Abend, Mrs. Merrow lag mit einer Venenentzündung im Krankenhaus.

Es gab niemanden, den sie rufen konnte. Das Telefon kam ihr nicht in den Sinn. Sie sank auf einen der hochlehnigen Stühle im Vorraum und verbarg das Gesicht in der

Armbeuge. Sie schluchzte und zitterte. Sie wünschte, ihr Vater wäre hier. Er wohnte nur eine Viertelstunde entfernt; er würde sofort kommen, wenn sie ihn anriefe – aber daran dachte sie nicht. Sie saß nur auf dem Stuhl und schluchzte, und dabei kam ihr zu Bewußtsein, daß sie Tränen der Angst weinte, nicht Tränen des Schmerzes.

Der Schmerz würde noch früh genug kommen.

Das war ein bewußter Gedanke, und er brachte die Tränen zum Versiegen. Sie blickte zurück auf die offene Tür des Arbeitszimmers.

Er ist tot, dachte sie.

Er hat sich umgebracht.

Und jetzt – was wird jetzt aus uns?

Zu ihrer Ehre dachte sie nicht ›mir‹.

Langsam stand sie auf und zwang sich, zur Tür des Arbeitszimmers zurückzugehen. Sie spähte hinein, fast neugierig, als wolle sie fragen: Ist alles noch da?

Es war da.

Ein Flackern trat in ihre Augen; die Pupillen schienen sich zusammenzuziehen, sich auszudehnen, sich wieder zusammenzuziehen. Ihre Lippen wurden dünn. Sie preßte die Hände in die Hüften und betrat aufs neue das Zimmer. Sie ging zum Schreibtisch, bückte sich, ohne die Leiche anzusehen, und hob den Revolver auf.

Sie behielt ihn in der linken Hand, trat auf die andere Seite und zog Walters kurze handschriftliche Mitteilung unter seinen ausgebreiteten Fingern hervor.

Das Kaminfeuer war noch nicht erloschen. Walter hatte gern Feuer gehabt, sogar an Frühlingsabenden. Vier kräftige Holzscheite waren zu glühender Asche zerfallen, strahlten noch Hitze aus.

Sie beugte sich zum Kamin und hielt zögernd eine Ecke

des Papiers hinein. Ein Rauchfaden leckte daran. Dann ging das Papier in Flammen auf.

Sie verließ das Zimmer erst, als die Asche sich mit der Glut vermengt hatte.

2

Mike Karr erwachte schon zehn Minuten, bevor der Wecker rasseln sollte. Er wußte, er war einem bedrückenden Traum entkommen, aber an Einzelheiten konnte er sich nicht erinnern. Der Traum hatte sich nicht im Gerichtssaal abgespielt; er war nicht von Gespenstern in schwarzen Roben bevölkert gewesen, nicht von Skeletten auf der Geschworenenbank. Die Ereignisse seines Alltags schienen sich niemals in seine Träume zu verirren. Aber Mike wachte auf und fühlte sich noch immer bedrückt. Warum?

Plötzlich fiel es ihm ein. Das flaue Gefühl im Magen wurde von keinem Traum verursacht, sondern von etwas Wirklichem. Heute vormittag um zehn Uhr mußte er wieder im Gerichtssaal erscheinen. Höchstwahrscheinlich waren die Geschworenen bereit und willens, den Schuldspruch über seinen Mandanten zu verkünden. Zwar befanden sie sich erst kaum einen Tag in Klausur, aber Gerüchte waren durch die verschlossene Tür gesickert und hatten sich in den Korridoren des Gerichtsgebäudes verbreitet. Die Geschworenen hatten ihre kurze Beratung abgeschlossen und waren, so hieß es, zu einer einstimmigen Auffassung gelangt. Und Mike hatte ein ganz bestimmtes Gefühl, was das Urteil betraf, das sie dem Gericht bekanntgeben würden.

»He«, sagte Nancy.

Mike setzte sich auf und erblickte seine Frau; sie hatte ein Auge geschlossen und beobachtete ihn neugierig mit dem anderen. Ihr langes Haar war auf das Kissen drapiert wie auf einem Gemälde von Tizian. Mike grinste und fühlte sich ein bißchen wohler. Er war drauf und dran, einen wichtigen Fall zu verlieren; aber wenigstens hatte er eine Frau, die schon am Morgen schön anzuschauen war.

»Weißt du was?« sagte er. »Du siehst aus wie eine einäugige Göttin.«

»Wie spät ist es?«

»Fast sieben. Zeit für Göttinnen, aufzustehen und das Frühstück zu machen.«

»Seit wann haben Göttinnen Küchendienst?« Das offene Auge schloß sich, Nancy stöhnte wohlig und drehte sich auf die andere Seite. Dann war sie plötzlich hellwach und setzte sich auf. »Großer Gott, es ist heute, wie?«

»Ja«, sagte er und verzog das Gesicht. »Gib dem Verurteilten was Herzhaftes zu essen.«

»Ach Mike, sprich nicht so. Noch ist es nicht heraus, daß du verloren hast.«

»Mit der Zeit kriegt man einen Riecher für Geschworene«, meinte Mike. »Und in diesem Fall sind sie auf eine Verurteilung aus, das spüre ich. Aber bitte – vielleicht irre ich mich. Vielleicht hat das Mitleid die liebe alte Dame in der zweiten Reihe überwältigt.«

»Es wäre doch immerhin möglich.«

»Wahrscheinlich hat gerade sie als erste ›schuldig‹ gesagt!«

Nancy war aufgestanden und in einen blauen Morgenrock geschlüpft. Während sie den Gürtel um die schmale Taille schlang, sah sie ihren Mann mit Schmollmund und vorwurfsvollen Augen an.

»Das sieht dir gar nicht ähnlich, Mike. Du hast noch nie die Flinte vorzeitig ins Korn geworfen.«

»Von vorzeitig kann keine Rede sein. Der Prozeß ist gelaufen.«

»Aber ich will nicht, daß du wie ein geprügelter Hund in den Gerichtssaal schleichst. Du sollst mit hocherhobenem Kopf hineingehen.«

Er grinste. »Darauf kommt es gar nicht an. Der Einmarsch der Geschworenen – der ist wichtig.«

»Mir kommt es darauf an«, sagte Nancy. »Komm, versprich mir's. Versprich mir's – oder mach dir dein Frühstück selbst.«

Mike lachte, wirbelte sie am Gürtel ihres Morgenrocks herum und küßte sie aufs Kinn. »Versprochen«, sagte er.

Er mußte sich zwingen, daran zu denken, als er am Tisch des Verteidigers Platz nahm. Die Gerüchte über eine schnelle Entscheidung hatten dafür gesorgt, daß der Gerichtssaal voll war. Es gab keinen freien Sitz. Der Fall Davis hatte einige sensationelle Aspekte, obwohl der Angeklagte nichts weiter war als ein einfacher Automatenverkäufer. Davis hatte das mutmaßliche Verbrechen des Totschlags wegen einer schönen, ebenfalls mutmaßlichen Blonden begangen. Seine Frau hatte ihn in einem Anfall von Eifersucht der Polizei ausgeliefert. Die Umstände waren danach, ein ausverkauftes Haus zu garantieren, desgleichen volle Anteilnahme der Presse von Monticello sowie der überregionalen Nachrichtenagenturen. Sogar Joe Pollock, Nancys Vater, Chefredakteur der ›Monticello News‹, hatte seinen besten Reporter geschickt, und Joe hatte eine Abneigung gegen breit ausgewalzte Gerichtsberichte.

Aber die meisten Reporter waren gar nicht so sehr an Davis interessiert als vielmehr an seinem Anwalt. Das Ansehen, das Mike Karr im ganzen Land genoß, war für sie der bedeutsamste Aspekt des Prozesses. Warum hatte einer der berühmtesten Strafverteidiger des Landes dieses Ansehen aufs Spiel gesetzt – für einen Automatenverkäufer, der mit seinem erbärmlichen Liebesleben nicht zu Rande kam? Mike war die Antwort darauf zunächst sehr einfach vorgekommen. Seiner Überzeugung nach war Davis unschuldig.

Mike blickte sich um. Solche Zuschauermengen hatte er sich als Student in seinen Wunschträumen ausgemalt. Aber während er so dasaß am Verteidigertisch und sich an Nancys Ermahnung erinnerte, den Kopf nicht hängen zu lassen, dachte er, daß er sich damals immer auf der Gewinnerseite gesehen hatte.

Richter Klinger betrat den Saal, und ein Flüstern ging durch die Reihen. Als die Geschworenen auf ihre Bank zurückkehrten, schwoll das erregte Gemurmel zu einem Gesumm an, das wie das Surren einer riesigen Elektromaschine klang. Klinger protestierte nicht gegen den Lärm; vergeblich wartete Mike auf die Hammerschläge, mit denen der Richter so oft ins Prozeßgeschehen eingegriffen hatte. Oder vielleicht, dachte Mike mißmutig, kommt das Gesumm auch nur mir so laut vor. Er studierte die Gesichter der Geschworenen, eines nach dem anderen, und was er sah, gefiel ihm ganz und gar nicht. Er drehte sich um und suchte unter den Zuschauern nach freundlicheren Mienen. Zwei Personen vermißte er: Phil und Louise Capice, die dem Prozeß täglich beigewohnt hatten, waren heute verhindert. Bill Marceau, der Polizeichef von Monticello, saß in der zweiten Reihe. Bill zwinkerte ihm zu. Es war als Aufmunterung gemeint. Mike lächelte zurück und drehte sich wieder um.

»Der Obmann der Geschworenen möge bitte aufstehen.«

Der Obmann stand auf. Er war klein, wohlgenährt und wirkte sehr selbstzufrieden.

»Sind die Geschworenen im vorliegenden Fall zu einem Urteil gelangt?«

»Jawohl, Euer Ehren.«

»Dann möge der Obmann den Urteilsspruch dem Gericht bitte vorlesen.«

»Wir sprechen den Angeklagten schuldig.«

»Und das ist Ihr einstimmiges Urteil?«

»Jawohl, Sir«, sagte der Obmann.

»Bitte händigen Sie den Schuldspruch dem Protokollbeamten aus«, sagte Richter Klinger.

Auf einmal kam Mike zu Bewußtsein, daß es vorüber war. Seine Gehirntätigkeit schien während der Urteilsverkündigung einen Moment lang ausgesetzt zu haben. Das Wort ›schuldig‹ und die darauffolgende Unruhe im Gerichtssaal hatte er kaum wahrgenommen. Erst als er Davis' gewollt gelassene Miene erblickte, wußte er wirklich, daß er verloren hatte. Dann beugte sich Davis zu ihm herüber und flüsterte ihm etwas ins Ohr.

»Was sagen Sie?« fragte Mike.

»Man kann nicht immer gewinnen«, wiederholte Davis, als wolle er Mike trösten. Sein väterliches Gehabe regte den Anwalt auf; er wollte erwidern: Wir hätten gewinnen können – wenn Sie mir die volle Wahrheit gesagt hätten. Aber er sagte nichts. Er stand nur auf und wandte sich pflichtschuldigst ans Gericht wegen der Berufung. Er fühlte sich leicht im Kopf, als er aufstand; seine Stimme schien von weither zu kommen. Kurz darauf wurde Davis hinausgeführt, und das Abschiedswinken, mit dem er Mike bedachte, wirkte irgendwie unverschämt. Ich glaube, mir wird schlecht, dachte Mike.

»Quatsch«, sagte Bill Marceau. »Nicht in der Öffentlichkeit.«

Mike merkte, daß er seinen Gedanken laut ausgesprochen hatte. »Ich glaube, es ist der Magen«, sagte er. »Ich muß was Falsches gegessen haben.«

»Ein schwerverdaulicher Brocken«, knurrte Bill. »Denkst du, ich kenne das nicht?« Er lächelte, schlug Mike auf die Schulter. »Los«, sagte er. »Gehen wir ein paar Schritte spazieren, trinken wir einen Kaffee.«

»Danke, Bill, aber ich glaube nicht –«

»Was du glaubst, spielt keine Rolle.«

Sie gingen ins ›Faß‹. Richtig hieß es ›Faß ohne Boden‹, aber das sagte kein Mensch.

Bill sah ihn über die schmuddelige Tischplatte hinweg an und sagte eine ganze Weile nichts. Sein Schweigen begann Mike zu irritieren.

»Was ist los?« platzte er schließlich heraus. »Denkst du dir eine Beileidsansprache aus?«

»Nein. Ich warte, daß du mich tröstest.«

Mike schielte zu ihm hinüber, dann setzte er ein dünnes Lächeln auf. Er entsann sich, wie sehr Bill ihm abgeraten hatte, den Fall zu übernehmen. Aber jetzt bekam er keine Vorwürfe zu hören, kein ›Ich-hab's-ja-gleich-gesagt‹. Dafür war Bill ein zu guter Freund.

»Okay«, sagte er. »Betrachte dich hiermit als getröstet. Und als bestätigt. Du hattest recht, was Davis angeht.«

»Nicht, was Davis angeht. Ich habe mir genau wie du eingebildet, daß er unschuldig ist; sein Alibi war so primitiv, daß es glaubwürdig schien. Aber was denkst du jetzt, Mike?«

Mike griff nach seiner Tasse. »Ich denke nichts weiter, als daß ich einen Fall verloren habe. Vielleicht hat die Gerechtigkeit gesiegt. Aber ich habe verloren. Und das merken sich die Leute.«

»Lächerlich«, wies Bill ihn zurecht. »Du glaubst, das schadet deinem Ruf?«

»Jedenfalls hilft es ihm nicht. Während der drei Verhandlungstage habe ich nicht das mindeste erreicht, Bill. Du hast es ja miterlebt.«

»Ich habe gemerkt, daß du nicht mit ganzem Herzen bei der Sache warst. Weil du zur Überzeugung gelangt warst, daß dein Mandant schuldig ist.«

»Das ist keine Entschuldigung für mich. Er hat ein Anrecht auf die bestmögliche Verteidigung, und –«

»Du hast mehr für ihn getan, als er verdient hat. Jetzt hör endlich auf, dir Vorwürfe zu machen.«

Mit düsterer Miene rührte Mike in seinem Kaffee. »Ich glaube, Phil und Louise wollten bei der Hinrichtung nicht dabei sein. Sie waren heute morgen nicht im Gerichtssaal.«

»Nicht deshalb. Sie waren zur gerichtlichen Untersuchung des Todesfalls Haven vorgeladen. Du weißt doch, Louise ist mit Adrienne Haven eng befreundet.«

»Wie ist die Sache ausgegangen?«

»Wie erwartet. Tod durch Einwirkung eines oder mehrerer unbekannter Täter.«

»Mord«, meinte Mike. »Und da sitze ich und jammere über meine Probleme. Auf dich kommen ganz andere zu.«

»Kann sein.« Bill zuckte die Achseln. »Muß aber nicht sein. Manchmal läßt sich so etwas gleich in den ersten paar Tagen aufklären.«

»Oder es zieht sich ewig lange hin. Wie sieht es aus?«
»Wir haben ein oder zwei Hinweise. Einen recht interessanten erhielten wir erst gestern – und ausgerechnet von Louises Vater.«
»Von Winston Grimsley? Was hat der mit der Sache zu tun?«
»Zunächst einmal war er Direktionsmitglied von Havens Firma.«
»Der Job dürfte ihn kaum ausgefüllt haben.«
»Er war auch Mitglied von Walter Havens Klub; sie standen immerhin so gut miteinander, daß Haven mit Winston über einiges gesprochen hat.«
»Und was hat für dich dabei herausgeschaut?«
»Das wirst du schon noch erfahren«, sagte Bill ein wenig geheimnistuerisch. »Trink jetzt lieber deinen Kaffee aus und mach, daß du ins Büro zurückkommst. Dort wartet bestimmt schon ein halbes Dutzend Besucher auf dich.«
Bill irrte sich. Es war nur eine Besucherin da.

Von Louise Capice ging irgend etwas aus, was Mikes Sekretärin Jean Culpepper in Verlegenheit setzte. Ihre Anwesenheit im Wartezimmer genügte, und Jean dämpfte ihre Stimme beim Telefonieren zu einem Flüstern und benahm sich ganz allgemein so, als sei sie im Buckingham Palace für gesellschaftliche Belange zuständig. Louise strahlte eine besondere Art von Würde aus, und die verlor sie nicht einmal, wenn sie ungeduldig wurde.
»Verdammt noch mal!« sagte sie zu Mike. »Ich bin wütend! Wütend genug, um dreinzuhauen – oder vor den Kadi zu gehen!«
Mike lachte und führte sie in sein Büro, machte der neugierigen Jean die Tür vor der Nase zu.

»Also gut«, sagte er. »Wen willst du verklagen? Das Warenhaus Daley? Die ›Boutique‹? Hat dir irgendwer eine minderwertige Dauerwelle verpaßt?«

»Das ist sehr zynisch von dir und überhaupt nicht lustig«, sagte Louise. »Ich bin wütend auf diese ganze elende Stadt. Irgend etwas muß es doch geben, was du unternehmen kannst – als Rechtsanwalt, meine ich –, um diesen schrecklichen Gerüchten entgegenzutreten.«

»Was für Gerüchte?«

»›Gerüchte‹ ist noch viel zu milde ausgedrückt. Verleumdungen – das trifft es eher. Verleumdungen, üble Nachrede, wie immer ihr das nennt. Ich habe den juristischen Unterschied nie begriffen.«

»Man verleumdet dich?«

»Nicht mich, sondern Adrienne«, erwiderte sie. »Mike, wenn du ein paar von diesen Leuten nur reden hören könntest! Ich habe es, heute vor Gericht. Und überall sonst. Meine eigenen Freunde sprechen darüber – nicht in meiner Gegenwart; sie wissen, wie gern ich Adrienne habe –«

Mike seufzte und verschränkte die Hände. »Was muß ich anstellen, um schlichte Fakten von dir zu erfahren? Wer verleumdet Adrienne Haven und auf welche Weise?«

»Man sagt, sie hat ihren Mann umgebracht.«

Zum erstenmal sah es so aus, als würde Mike seine Besucherin ernst nehmen.

»Das«, sagte er, »ist in der Tat eine unzulässige Behauptung. Wenn du beweisen kannst, wer so etwas in der Öffentlichkeit gesagt hat – und daß es nicht zutrifft, versteht sich.«

»Natürlich trifft es nicht zu! Du kennst Adrienne –«

»Tut mir leid, ich bin der Dame nie begegnet.«

»Doch – in Orchard Hall. Nein ...« Sie runzelte die Stirn. »Ihr wart bei der Jubiläumsfeier für Winston und Mattie nicht dabei. Urlaubskreuzfahrt oder so etwas. Trotzdem, wenn du Adrienne kennen würdest, dann könntest du so eine Geschichte nicht einmal fünf Sekunden lang glauben.«

»Ich vielleicht nicht«, sagte Mike sanft. »Aber warum glauben andere Leute die Geschichte?«

»Ach, du weißt doch. Die übliche Boshaftigkeit. Den Leuten macht es einfach Spaß, von jedem das Schlechteste –«

»Deine Beschwerde ist also nicht gegen eine bestimmte Person gerichtet? Es wird nur so geklatscht und getratscht?«

»Ja! Aber kann man das nicht irgendwie unterbinden?«

»Doch – aber da müßtest du Namen nennen. Wir können den Leuten einen hübschen Brief schreiben, der ihnen das Blut in den Adern gefrieren läßt, auf meinem Geschäftspapier. Wir würden mit allem möglichen drohen, falls sie fortfahren, diese beleidigenden Äußerungen zu verbreiten.«

»Mike! Könntest du das tun?«

»Auf Wunsch von Mrs. Haven – als ihr Anwalt. Da sie mich jedoch nicht engagiert hat –«

»Könnte nicht ich dich engagieren?«

»Tut mir leid.« Mike lächelte. »Ich mag keine Klienten aus zweiter Hand. Falls Mrs. Haven wünscht, daß ich gegen diese Lästermäuler einschreite, stehe ich zur Verfügung.«

»Pedant!«

»Ja«, sagte Mike. Er kam um den Schreibtisch herum

und sprach jetzt nicht mehr als Rechtsanwalt, nur noch als Freund. »Nun sag schon, Louise, was geht da vor?«

»Mike, du weißt es wirklich nicht? Ich dachte, es gehört zu deinem Beruf, auf dem laufenden –«

»Ich weiß, daß Walter Haven ermordet wurde, Louise. Aber ich hatte mich mit meinen eigenen Problemen herumzuschlagen. Ich nehme an, du hast gehört, wie die Verhandlung heute morgen ausgegangen ist?«

»Ja«, sagte Louise mit einem Unterton des Bedauerns. »Es tut mir leid, Mike; es ist sicherlich bedrückend, wenn man einen Prozeß verliert ...«

»Bedrückend ist das richtige Wort«, stimmte Mike zu. »Jedenfalls habe ich mich in letzter Zeit kaum mit etwas anderem beschäftigt. Du mußt also entschuldigen, wenn ich nicht so ganz auf dem laufenden bin.«

»Na schön, aber wer Walter Haven war, das weißt du doch?«

»So eine Art Automobilkönig – stimmt das?«

»Nun, da stammt jedenfalls das Familienvermögen her. Ich fürchte nur, es war nicht mehr viel davon übrig, als die Fabrik ihre Pforten schloß. Die ›Haven Motor Company‹ hat seit fünfzehn Jahren kein Auto mehr produziert.«

»Er hat sich auch nie besonders um die Firma bemüht, wenn ich mich recht entsinne. War mehr an Politik interessiert, oder?«

»Ja. Hast du schon mal von Sanford Haven gehört?«

»War das nicht irgendein Bürgermeister oder Gouverneur oder dergleichen?«

»Ein hoher Verwaltungsbeamter, um die Jahrhundertwende. Walters Großvater war Senator. Walter hat sich sehr angestrengt, in seine Fußstapfen zu treten – und da wurde er umgebracht.«

»Den Zeitungsberichten habe ich entnommen, daß die Polizei einen Einbrecher für den Täter hält.«

»Ich bin überzeugt, so war es! Du mußt wissen, Adrienne war an jenem Abend bei mir. Wir hatten sie und ihren Mann zu einem kleinen Abendessen eingeladen –«

»Aber er ist nicht mitgekommen?«

»Er ist fast nie ausgegangen«, sagte Louise steif. »Walter hatte nicht viel für Partys übrig; aber er hat darauf bestanden, daß Adrienne hinging.«

»Hm. Dann erscheint mir die Theorie mit dem Einbrecher sehr einleuchtend. Er könnte das Haus beobachtet haben, um eine günstige Gelegenheit abzupassen. Vielleicht wußte er sogar von deiner Einladung und dachte sich, diese Nacht oder nie ...«

»Richtig! Die beiden Hausangestellten waren in der fraglichen Nacht abwesend!«

»Perfekt«, sagte Mike und kreuzte die Arme. »Der Einbrecher wartete also und lauerte, sah den Wagen wegfahren und nahm an, das Haus sei leer. Er brach ein, und es stellte sich heraus, daß er sich geirrt hatte – Haven war daheim. Der Einbrecher geriet in Panik – schoß auf ihn ...«

Louise hielt den Atem an. »Mike, du bist wirklich ein Genie. Ich bin sicher, genau so hat es sich abgespielt.«

»Ich nicht.«

»Aber es ist so logisch! Im Ernst, du solltest diese Theorie Bill auseinandersetzen.«

»Ich habe Bill erst vor einer knappen Stunde gesehen. Er hat von dem Fall gesprochen.«

»Was hat er gesagt?«

»Nicht viel. Er tat sogar ein bißchen geheimnisvoll.«

»Glaubst du, daß er im Begriff ist, jemanden zu verhaften?«

»So direkt habe ich ihn nicht gefragt.«

Louise spielte mit ihren Handschuhen, die sie im Schoß hatte, und erschien noch besorgter als vorher.

»Man wird doch nicht etwa Adrienne verhaften, oder? Das kann man doch nicht!«

»Louise, ich habe keine Ahnung.«

»Sie war bei mir, als Walter erschossen wurde. Das kann ich beschwören und Phil ebenfalls. Wir haben sie gegen zehn Uhr dreißig in ein Taxi gesetzt. Beim Nachhausekommen hat sie dann die Leiche entdeckt –«

»Das könnte ein Alibi sein«, sagte Mike, »wenn sich die genaue Todeszeit feststellen läßt. Manchmal ist das nicht so leicht. An der Leiche finden sich nur wenig Hinweise darauf.«

»Ich dachte, das klappt immer. So steht es jedenfalls in den Kriminalromanen. Der Coroner erklärt: ›Der Tod des Ermordeten ist genau fünfundzwanzig Minuten nach drei Uhr früh eingetreten.‹«

Mike lächelte. »Ich fürchte, so einfach ist das nicht. Und überhaupt, ein Alibi ist noch nicht alles. Da erhebt sich auch die Frage des Motivs.«

»Ja«, sagte Louise und biß sich auf die Lippen.

»War eines vorhanden?«

»Wenn man all den Gerüchten Glauben schenken wollte –«

»War die Ehe denn nicht glücklich? Jedenfalls dauerte sie noch nicht lange.«

»Weniger als zwei Jahre. Aber auf keinen Fall hat Adrienne Walter gehaßt, was auch immer ihre Probleme gewesen sein mögen.«

»Sofern du es beurteilen kannst –«

»Ich bin mir dessen sicher, Mike!«

»Und es gab auch keine finanziellen Schwierigkeiten?«
»Nein...«
»Du scheinst nicht sehr überzeugt.«
»Um der Wahrheit die Ehre zu geben, sie hatten nicht gerade Geld wie Heu. Walter war kein besonders guter Geschäftsmann; seine Firma hatte mehr Passiva als Aktiva aufzuweisen.«

»Es gibt also kein Motiv – doch die Leute klatschen.« Louise stand auf.

»Reden wir nicht mehr davon; es ist wirklich zu bedrückend, und du hast heute schon genug mitgemacht.«

Mike lächelte. »Du willst also keine gerichtlichen Maßnahmen mehr ergreifen?«

»Ich sehe ein, es wäre albern. Man kann nicht gut einen Haufen Klatschtanten verklagen, stimmt's? Aber hab Dank dafür, daß ich mir Luft machen durfte.«

»Es war mir ein Vergnügen«, entgegnete Mike. »Wir sehen euch morgen abend, dich und Phil?«

»Gewiß«, sagte Louise.

Fünf Minuten, nachdem sie gegangen war, kam Jean herein, angeblich weil sie mit der Kartei nicht zurechtkam – in Wirklichkeit, weil sie hoffte, etwas aufzuschnappen.

»Die arme Mrs. Haven«, sagte sie herausfordernd.

»Was?«

»Mrs. Capice hat mir einiges erzählt, während sie auf Sie gewartet hat – was die Leute so reden.«

»Aha«, sagte Mike. »Diese Dokumente gehören in die Kartei für nicht abgeschlossene Fälle; wir werden Berufung einlegen.«

»Jawohl, Sir«, sagte Jean und ging zur Tür. »Wissen Sie, ich habe Mrs. Capice gesagt, daß ich kein Wort davon glaube.«

»Wovon?«

»Von den Gerüchten. Über Mrs. Haven und diesen Mann.«

»Welchen Mann?«

»Na, diesen Tony Jerrick, mit dem sie angeblich ein Verhältnis hatte. Dürfte ich heute schon um halb fünf gehen, Mr. Karr? Ich bin beim Friseur angemeldet.«

3

»Und wer ist Tony Jerrick?« fragte Nancy.

»Weißt du, wo das ›Dormitory‹ ist?« Mike nahm den Löffel, mit dem Laurie Anne gegen ihr Glas schlug, und legte ihn neben ihren Teller. Laurie Anne zog eine Schnute und biß in eine Semmel.

»›Dormitory‹. Ist das nicht diese entsetzliche Gegend bei den alten Lagerhäusern?«

»Ja. Natürlich hat man es mit Sanierungsmaßnahmen probiert«, sagte Mike. »Man hat Neubauten errichtet und so weiter, und so hört man die alte Bezeichnung Dormitory nicht mehr gern.«

»Was heißt Dormitory?« fragte Laurie Anne.

»Für gewöhnlich nennt man so einen Raum, in dem viele Leute zusammengepfercht leben, einen Schlafsaal.« Zu seiner Frau sagte Mike: »In diesem Fall war es eine Brutstätte des Verbrechens ... Tja, und aus diesem Milieu stammt Tony Jerrick.«

Nancy schnalzte mit der Zunge, während sie eine Scheibe Rindsbraten auf Mikes Teller legte. »Ich kann mir nicht vorstellen, daß eine Frau wie Adrienne Haven und –« Sie merkte, daß Laurie Anne sie interessiert anstarrte, und schürzte die Lippen. »Auf jeden Fall klingt das alles nach purer Gerüchtemacherei.«

»Ich weiß nicht recht. Es verhält sich nämlich so, daß Tony Jerrick zwar aus dem Dormitory kam, aber seine Geschichte hat ein Happy-End. Wenn man am alten Muller-Lagerhaus weitergeht, etwa drei Blocks in Richtung Norden, dann kommt man zu einem hübschen weißen Gebäude mit Stuckverzierungen, und darauf steht geschrieben: Jerrick Corporation, Herstellung von Fahrzeugbedarf.«

»Klingt eindrucksvoll.«

»Ach, Quark«, meinte Laurie Anne.

»Na, na«, sagte Mike. »Fällt dir nichts Besseres ein als ›Quark‹, wenn dein Vater etwas erzählt?«

»Aber Papi, ich mag keinen Quark! So eine widerliche weiße Schmiere –«

»Themawechsel«, kündigte Mike seufzend an. »Erst müssen wir unsere Tochter über gesunde Ernährung aufklären...«

Das Gespräch wurde beim Kaffee wieder aufgenommen, nachdem Laurie Anne gegangen war, um sich mit ihren Schulaufgaben zu beschäftigen. Nancy, die Adrienne Haven einmal kurz bei Louise Capice getroffen hatte, war noch immer recht beeindruckt von Mikes Bericht. Adrienne war ihr als zerbrechliches, beinahe überzüchtetes Wesen erschienen. Ihre zarten Knochen, der durchscheinende Teint hatten so gut übereingestimmt mit ihrer stillen, ätherischen Art. Das paßte so gar nicht zur Beschreibung eines ungeschliffenen Diamanten vom Schlage eines Tony Jerrick, Fahrzeugbedarfshersteller.

»Vergiß nicht«, warnte Mike, »wir sprechen noch immer von Gerüchten, nicht von Tatsachen. Abgesehen davon habe ich schon so manche zarte Frau in der Gesellschaft eines rauhbeinigen Kerls erlebt. Du nicht?«

»Doch, wahrscheinlich schon«, mußte Nancy zugeben, die nur ungern Nachteiliges über das weibliche Geschlecht zur Kenntnis nahm.

»Und außerdem ist Jerrick vielleicht gar kein so ungehobelter Klotz, wie du meinst. Obwohl er im Gefängnis war –«

»Ja?«

»Als er sechzehn war, hat man ihn wegen Autodiebstählen festgenommen. Er wurde in eine Erziehungsanstalt gesteckt, kam heraus, stahl weiter Autos.«

»Er hatte anscheinend nichts anderes im Kopf als Autos.«

»Stimmt genau. Er verbrachte sechs Jahre in verschiedenen Besserungsanstalten, und irgendwer hat es fertiggebracht, seine Leidenschaft für Autos in positive Bahnen zu lenken. Man hat ihn zum Mechaniker ausgebildet.«

»Er ist also eigentlich Automechaniker?«

»Ein bißchen mehr«, sagte Mike. »Ich habe gehört, Jerrick hat zuerst in einer Autofabrik in Dearborn gearbeitet. Dann kam er zurück nach Monticello, hat in einem der alten Lagerhäuser einen Laden aufgemacht und Autozubehör entworfen.«

»Mit Erfolg?«

»Mit großem Erfolg. Innerhalb von sieben Jahren hat er eine neue Art der Motoraufhängung entwickelt, eine neue Zündvorrichtung –«

»Ich habe nicht die leiseste Ahnung, wovon du redest.«

Mike grinste. »Ich verstehe selbst nicht viel davon. Jedenfalls ist unser Mr. Jerrick nicht schlecht dabei gefahren. Hat sich einiges patentieren lassen und ganz schön

Geld damit verdient. Das ist die beste Methode, einen groben Klotz zurechtzuhobeln.«

»Und wie hat er Adrienne kennengelernt?«

»Er hat nicht Adrienne kennengelernt, sondern ihren Mann.«

»Walter Haven?« Nancy ging ein Licht auf. »Ach ja – die Automobilwerke. Irgendeinen gemeinsamen Nenner mußte es ja geben.«

»Ja«, sagte Mike. »Autos.«

»Wie klug du bist«, flötete Nancy mit gekonntem Augenaufschlag.

»Aber Havens Firma produzierte nicht mehr, sie bestand nur noch auf dem Papier. Und Tony Jerrick schwamm ganz schön oben. Deshalb wollte Walter Tonys Betrieb aufkaufen.«

»Und hat Tony verkauft?«

»Ja – nach langen Gesprächen und vielen Einladungen...«

»Aha. Und so hat Tony Adrienne kennengelernt.«

»Ja«, bestätigte Mike. »Und das ist der Ausgangspunkt der Gerüchte. Tony sieht gut aus, er paßt dem Alter nach besser zu Adrienne als Walter – das bietet der Phantasie ein weites Betätigungsfeld. Und das liegt auch dem ganzen Gerede zugrunde – eine ebenso lebhafte wie schmutzige Phantasie.«

»Bist du sicher, daß das alles ist?«

»Siehst du!« Mike grinste. »Die schmutzige Phantasie kommt immer wieder zum Durchbruch.«

Nancy warf eine Semmel nach ihm. Mike fing sie elegant auf, grinste noch breiter und biß ein Stück ab.

Auch Adrienne Haven saß beim Abendessen.

Sie trug ein langes schwarzes Kleid mit einer Halskrause aus schwarzem Chiffon; als sie es vor ein paar Wochen in der ›Boutique‹ gekauft hatte, hatte sie nicht im Traum damit gerechnet, daß sie es als Witwe tragen würde. Jetzt unterstrich es ihre blasse Schönheit und leidvolle Miene.

Ihr Appetit machte ihr zu schaffen. Adriennes Vater, der ihr am Tisch gegenübersaß, tat so, als merke er nichts. Für eine trauernde Witwe attackierte sie ihr Steak mit ungewöhnlichem Elan und kaute den grünen Salat mit der Begeisterung eines hungrigen Kindes.

Eldon Kyle räusperte sich und sagte: »Liebling?«

Adrienne blickte ihn mit ihren großen, sanften Augen über einen Happen Fleisch hinweg an.

»Ja, Dad?«

»Du ißt zu schnell, Liebes. Wenn du so schnell ißt, kannst du das Essen nicht anständig kauen.«

»Zu Befehl, Herr Doktor«, sagte sie. Er ließ plötzlich die Mundwinkel hängen; sie beugte sich über den Tisch und tätschelte seine Hand. Eldon Kyle hatte den Doktortitel vor zehn Jahren abgelegt, als er sich aus dem Berufsleben zurückgezogen hatte und nach Monticello übergesiedelt war. »Entschuldige«, sagte sie. »Aber in diesem Haus bist und bleibst du der Doktor.«

»Dann solltest du auch meine Anweisungen befolgen.«

»Verordne mir ein Rezept«, sagte Adrienne.

»Sehr gern«, meinte Eldon Kyle. »Etwas weniger essen, eine Menge weniger trinken und viel, viel Ruhe. Im Ernst, Adrienne, am liebsten wäre es mir, du würdest irgendwohin fahren, wo es sonnig und warm ist. Wir könnten eine kleine Kreuzfahrt miteinander machen ...«

»Ich kann nicht weg, Dad. Nicht jetzt.«

»Warum nicht?«
»Weil – wegen allem.«
»Die gerichtliche Untersuchung ist überstanden, Baby. Niemand wird dich mehr belästigen.«
»Doch, die Polizei. Und die Versicherung. Und die Zeitungen – die werden nicht so leicht lockerlassen.«
»Doch, Liebes, mit der Zeit schon. Vielleicht findet die Polizei den Mann, der den armen Walter getötet hat, diesen Einbrecher oder wer auch immer es war –«
»Glaubst du wirklich?« fragte Adrienne mit verschleiertem Blick.
»Nun, wer weiß? Manchmal werden solche Leute trunksüchtig oder frömmlerisch oder schwachsinnig – und gestehen ihre Verbrechen. Oder er ist irgendwohin geflohen, Tausende von Meilen weit weg. Vielleicht trampt er gerade in einem Güterwaggon nach Milwaukee, oder er hat sich im Missouri ertränkt ... Wer weiß, wozu solche Leute imstande sind!«
»Ich glaube nicht, daß sie ihn jemals finden werden«, sagte Adrienne. »Und weißt du was? Es ist mir egal. Es würde doch nichts ändern, oder? Wenn man ihn erwischt, meine ich. Es würde Walter nicht wieder lebendig machen.«
»Nein, das stimmt«, bestätigte ihr Vater düster.
Julians Kopf erschien in der Tür, die Lichter glänzten auf seiner Kopfhaut und seinen Goldzähnen.
»Noch ein Wunsch, Mrs. Haven? Darf ich den Kaffee servieren?«
»Ja, Julian, bitte. Dad, möchtest du einen Cognac?«
»Lieber nicht, Liebling.«
»Gehst du heute abend in den Klub?«
»Nein, heute abend nicht.«

»Gestern abend bist du auch nicht hingegangen.«

Eldon Kyle betupfte sich die Lippen mit einer Serviette und sagte: »Ich bleibe lieber bei dir, wenn es dir recht ist. Im Klub wird sowieso nur geredet.«

»Worüber?«

»Ach, der übliche Unsinn. Politik, Billard, Poker.«

»Und das ist alles?«

»Worüber soll sich ein Haufen alter Männer sonst unterhalten?« fragte Eldon Kyle.

Adrienne antwortete erst, als Julian das Zimmer verlassen hatte. »Ich wüßte ein Thema. Mr. Tony Jerrick.«

Bill Marceau, Monticellos Polizeichef, saß ebenfalls beim Abendessen. Aber seiner Frau Martha war es nicht recht, daß er seine Mahlzeit so geistesabwesend in sich hineinschaufelte.

»Wie schmeckt dir der Lammbraten?« fragte sie.

»Was? Ach so, sehr gut, sehr gut«, erwiderte er und starrte aufs Tischtuch.

»Das freut mich. Aber zufällig ist es Kalbsbraten.«

»Tatsächlich? Ich habe das noch nie auseinanderhalten können. Aber es schmeckt gut, egal, was es ist.« Er blickte auf und sah seine Frau an, rang sich ein gutmütiges Grinsen ab.

»Bill, machst du dir Sorgen?«

»Einen sorglosen Polizisten gibt's nicht.«

»Berufliche Sorgen? Oder machst du dir Gedanken wegen Mike?«

»Ich brauche mir nicht Mikes Kopf zu zerbrechen«, meinte Bill. »Damit wird er schon allein fertig. Daß er den Prozeß Davis verloren hat, wird ihn nicht umwerfen; er landet schon wieder mit beiden Füßen auf dem Boden.«

»Aber es war ein Schlag für ihn. Sogar du hast doch geglaubt, der Mann sei unschuldig, oder?«

»Ja – eine Zeitlang. Dann habe ich gemerkt, wie Mike ins Schwimmen geriet. Davis hat uns etwas vorgemacht, mir und seinem Anwalt auch. Das muß Mike am härtesten getroffen haben.«

»Weißt du, was er jetzt braucht?« sagte Martha resolut. »Einen handfesten neuen Fall – mit einem unschuldigen Angeklagten.«

Bill lachte glucksend. »Sag ihm das mal.«

Nach Beendigung der Mahlzeit verzog sich Bill mit seiner Kaffeetasse ins Wohnzimmer. Er setzte sich in den Lehnstuhl vor dem Fernsehapparat und stellte Tasse und Untertasse auf die Armlehne. Aber er schaltete den Apparat nicht ein, sondern starrte die blinde Mattscheibe an.

»Irgend etwas nagt doch an dir«, sagte Martha.

»Ja«, gab er zu. »Da ist etwas.«

»Hängt es mit dem Fall Haven zusammen?«

»Ja. Ich erwarte einen Anruf – kann jede Minute kommen.«

»Ich dachte, ihr tappt noch völlig im dunkeln.«

»Irrtum, Martha. Wir haben schon ein paar Kleinigkeiten, mehr als ein paar. Wir hängen es nur nicht an die große Glocke.«

»Ach so«, sagte Martha kühl, da sie sich übergangen fühlte.

»Liebes, du weißt, ich erzähle dir immer alles. Aber über diesen Fall kursieren sowieso schon so viele Gerüchte. Ich habe meine Beamten um strikte Geheimhaltung gebeten, bis wir die Laborberichte und alles andere beisammen haben. Bis dahin – strengstes Stillschweigen, auch der Familie, auch dem besten Freund gegenüber.«

»Wirst du jemanden festnehmen?«

»Vielleicht ist die Festnahme schon erfolgt. Auf den Bescheid warte ich eben gerade.«

Zehn Minuten später klingelte das Telefon. Martha zuckte noch mehr zusammen als Bill.

»Marceau«, meldete sich Bill am Telefon. Dann nickte er und sagte: »Okay, Lew, du kannst ihn einliefern.« Und damit war das Gespräch auch schon beendet.

Martha beobachtete ihn wortlos. Bill seufzte und fuhr sich mit dem Finger innen am Hemdkragen entlang.

»Also gut, wir haben jemanden verhaftet«, brummte er. »Unter Mordverdacht. Wir mußten zwei Leute nach Detroit schicken, um den Verdächtigen festzunehmen.«

»Wer ist es?«

»Er heißt Tony Jerrick«, sagte Bill.

4

Durch die Sprechanlage hörte Mike, wie Jean mitten im Satz stockte.

»Wer?« fragte er.

»Mrs. Adrienne Haven«, wiederholte Jean, diesmal ohne zu stocken. Sogleich hatte sie die Überraschung, die sie beim Auftauchen der Besucherin in Mikes Vorzimmer empfunden hatte, überwunden. »Sie weiß zwar, daß sie keinen Termin hat, aber ob Sie sie nicht trotzdem empfangen könnten?«

»Was steht denn auf dem Terminkalender?«

»Mr. Cudahy um elf Uhr fünfzehn. Sonst nichts.«

In der Sprechanlage knisterte es während der folgenden Pause, so als krabbele etwas in der Leitung herum.

Dann sagte Mike: »Gut. Ich lasse bitten.«

Bei all dem Gerede, das er während der vergangenen Woche über Adrienne Haven gehört hatte, war ein Wort zu kurz gekommen: das Wort ›schön‹. Es drängte sich Mike auf wie ein Filmtitel auf der Leinwand. Es schwand erst wieder, als die Frau Platz genommen hatte und ihn ansah. Normalerweise brachte Adriennes Make-up die Augen besonders zur Geltung, der Rest des Gesichts blieb blaß, die Lippen hell. Aber irgend etwas war durcheinandergeraten. Die Lider waren zu dunkel, die Wimpern dick und verschmiert, die Pupillen unnatürlich glänzend. Dann fiel Mike ein, daß Nancy einmal gesagt hatte, Tränen seien das schlechteste Augen-Make-up ... Weinte Adrienne noch immer ihrem toten Gatten nach?

»Louise«, fing die Frau an, räusperte sich dann, »Louise Capice meinte, ich solle mit Ihnen sprechen.«

»Worüber?« fragte Mike.

»Über den Mann, den die Polizei wegen des Mordes an meinem Gatten festgenommen hat. Tony Jerrick.«

Mike nahm einen Bleistift und spielte damit.

»Ja, ich habe davon gehört. Man hat ihn in Detroit verhaftet.«

»Er war nicht auf der Flucht. Er hatte geschäftlich dort zu tun.«

»Ich bin wirklich kaum darüber informiert«, sagte Mike.

»Louise meinte ... Polizeichef Marceau ist angeblich ein guter Freund von Ihnen.«

»Ja. Aber das heißt nicht, daß er mir immer alles anvertraut. Daß Tony Jerrick verhaftet wurde, weiß ich, weil ein diesbezüglicher Bericht in der Abendausgabe der ›Monticello News‹ steht. Und das weiß ich auch nur, weil der Chefredakteur zufällig mein Schwiegervater ist.«

»Und wissen Sie auch, daß Tony – daß Mr. Jerrick sich weigert, einen Rechtsanwalt zu nehmen?«

»Nein«, sagte Mike. »Das ist mir neu.«

»Es stimmt«, betonte Adrienne. »Sie werden zugeben, daß er da sehr unvernünftig handelt.«

»Schon aus Berufsgründen muß ich das zugeben.« Mike lächelte. »Natürlich braucht er einen Anwalt. Aber falls es zum Prozeß kommt und er weigert sich noch immer, wird das Gericht einen Pflichtverteidiger benennen. So funktioniert das System.«

»Das genügt nicht. Man spricht von vorsätzlichem Mord, Mr. Karr. Er braucht den besten Rechtsbeistand, den er bekommen kann. Jemanden wie Sie.«

Mike ließ den Bleistift auf die Schreibunterlage fallen.

»Mrs. Haven, beabsichtigen Sie etwa, mich für Tony Jerrick zu engagieren?«

»Nicht, daß er mich darum gebeten hätte ...«

»Aber Sie fühlen vor?«

»Ja«, gab die Frau zu, und auf ihre blassen Wangen trat plötzlich Farbe. »Ich habe Louise gefragt, ob Sie mich anhören würden, und sie meinte, ja, sicherlich. Wie gesagt, ich handle nicht in Tonys Auftrag; vermutlich wäre er böse, wenn er wüßte, wo ich mich gerade aufhalte. Aber sobald es ernst wird, ist er sicher froh, daß ich etwas unternommen habe.«

»Hm«, machte Mike. Dann verzog er das Gesicht. »Das klingt so, als wäre für mich alles klar, aber so verhält es sich ganz und gar nicht. Vor ein paar Wochen wurde Ihr Mann ermordet. Die Polizei nimmt einen Verdächtigen fest, den man für den Schuldigen hält. Und ausgerechnet Sie wollen ihm einen Anwalt verschaffen. Was soll ich davon halten?«

»Das gleiche wie ich«, entgegnete Adrienne Haven ruhig. »Daß Tony unschuldig ist.«

Mike verspürte den Drang, sich zu bewegen. Er stand vom Schreibtischsessel auf und ging zum Fenster. Er ließ die Jalousie herunter, dämpfte das grelle Licht im Raum. Das milderte die scharfen Linien im Gesicht der Frau, ließ sie hübscher aussehen, aber auch gehetzter als vorher.

»Sie glauben, er hat Ihren Mann nicht getötet?«

»Ich weiß es.«

»Haben Sie irgendwelches Beweismaterial?«

Als sie nicht antwortete, kehrte Mike zum Schreibtisch zurück, setzte sich auf die Tischkante und beugte sich zu ihr.

»Haben Sie Beweise, Mrs. Haven?«

»Nichts Konkretes.« Sie sah ihn nicht an.

»Aber vielleicht irgendwelche Anhaltspunkte?«

»Ich weiß nicht. Ich bin kein Jurist. Ich weiß nur, daß Tony Jerrick nicht der Täter ist.«

»Haben Sie seit seiner Verhaftung mit ihm gesprochen?«

»Nein.«

»Haben Sie vor seiner Verhaftung den Mord mit ihm erörtert?«

»Ich habe Tony seit März nicht mehr gesehen.«

»Und der Mord geschah im April.«

»Ja«, sagte Adrienne Haven.

Mike seufzte, und das irritierte die Frau.

»Sie entsprechen nicht dem Bild, das man sich von Ihnen macht«, sagte sie. »Louise hatte mich überzeugt, Sie würden – Sie würden mich verstehen. Auch ohne Beweise, schwarz auf weiß. Angeblich merken Sie gleich, wenn jemand die Wahrheit sagt...«

»Ich habe nicht behauptet, daß Sie lügen, Mrs. Haven.«
»Aber Sie denken es insgeheim?«
»Nein«, sagte Mike schlicht. »Ich nehme an, Sie sagen die Wahrheit – jedenfalls in bezug auf das, was Sie denken. Aber Sie sprechen für sich selbst, nicht für Mr. Jerrick. Nur weil Sie diesen Mann kennen, setzen Sie voraus, daß Sie auch über seinen Charakter exakt Bescheid wissen.«
»Sie irren sich.«
»Mrs. Haven...« Mikes Stimme wurde sanfter. »Sooft ein Kapitalverbrechen begangen wird, gibt es etwas, womit man mit Sicherheit rechnen kann. Jedesmal. Ein paar Leute melden sich, für gewöhnlich Familienmitglieder, und schwören, der Angeklagte könne unmöglich der Täter sein. Er sei nicht ›der Typ‹. Das erlebt man immer wieder.«
»Aber das habe ich nicht gesagt. Im Gegenteil, ich glaube, Tony Jerrick ist genau der Typ.«
»Was?«
Nun, da sie Mike aus dem Gleichgewicht gebracht hatte, schien auch Adrienne ihre Haltung wiedergewonnen zu haben. Sie begann in ihrer Handtasche zu suchen; nach einer Zigarette, nahm Mike an, aber sie brachte eine Pillendose zum Vorschein. »Tony ist ein rauher Geselle, und er ist leicht erregbar. Während seiner Jugend hatte er andauernd Schwierigkeiten. Aber er würde nie jemanden töten wollen, das wäre unanständig und gegen Gott –«
»Er ist religiös?«
»Nicht eigentlich. Aber er war als Kind streng religiöser Disziplin unterworfen, und Spuren davon sind noch vorhanden.« Sie nahm eine kleine weiße Pille und schluckte sie schnell, ohne Wasser. Wortlos sah Mike zu, wie sie die edelsteinbesetzte Pillendose wieder verstaute.

»Er ist der Typ, dem man einen Mord zutrauen würde.«
»Ich habe gesagt, er ist ein rauher Geselle und leicht erregbar. Das könnte unter Umständen zu einem Mord führen, nehme ich an, aber nicht zu einem vorsätzlichen –«

Mike ließ ein trockenes Lachen hören. »Sie sind nicht gerade eine gute Entlastungszeugin für ihn, Mrs. Haven. Ihrer Beschreibung nach könnte der Mann das Verbrechen durchaus begangen haben – falls er die Gelegenheit und ein Motiv hatte.«

»Ja«, bestätigte die Frau düster. »Und ich vermute, Sie werden erfahren, daß er beides hatte.«

»Wissen Sie das mit Sicherheit?«

»Ich habe Gerüchte gehört.«

»Von wem?«

»Zum Beispiel von meinem Vater.«

»Von Ihrem Vater?«

»Ja. Dad weiß über jeden Klatsch Bescheid. Sehen Sie, er war früher Arzt, aber er hat sich aus dem Berufsleben zurückgezogen. Jetzt lebt er von seinen Dividenden und spielt mit Freunden Billard, Golf und Bridge im Monticello Club. Er ist ein guter Zuhörer und erzählt mir alles, was er hört.«

»Hat er Ihnen von Jerricks Verhaftung erzählt?«

»Das war nicht nötig. Louise wußte es früher als er und hat mich angerufen.«

»Und wie steht es nun – mit der Gelegenheit?«

Adrienne schloß ihre Handtasche. »Man sagt, Tony sei im Haus gewesen. In unserem Haus. Am Abend, als Walter getötet wurde.«

Mike stieß einen lautlosen Pfiff aus.

»Ist das eine Tatsache – oder ein Gerücht?«

»Das weiß ich noch nicht. Dad hat es angeblich im Klub aufgeschnappt; aus diesem Grund hat man Tony in Detroit festgenommen.«

»Und bezüglich des Motivs?«

Adrienne gab keine Antwort. Mike nahm wieder im Sessel hinter dem Schreibtisch Platz. Er lehnte sich zurück, und das Leder ächzte.

Mike sagte: »Um die Wahrheit zu gestehen, Mrs. Haven, auch ich habe Gerüchte gehört.«

»Das kann ich mir denken«, erwiderte die Frau ganz ruhig. »Aber was Sie gehört haben, ist falsch. Falls es wirklich ein Motiv gegeben haben könnte, Walter zu töten, dann war es ein geschäftliches.«

»Um was für Geschäfte handelt es sich da?«

»Um das Geschäft, das Tony mit meinem Mann gemacht hat.«

Mike runzelte die Stirn. »Ich weiß, da hat eine Transaktion stattgefunden. War sie nicht zufriedenstellend?«

»Vom Preis her schon. Ansonsten nicht.«

»Ich komme nicht ganz mit.«

»Tony ist ein glänzender Automobilingenieur, falls Sie es nicht wissen sollten.«

»Doch, ich habe davon gehört.«

Adrienne zog die Brauen zusammen. »Aber er ist auch ein miserabler Geschäftsmann. Er machte damals den gleichen Fehler wie heute – er verzichtete auf einen Anwalt. Er hat den Vertrag mit Walter ohne Rechtsbeistand abgeschlossen, hat die Notwendigkeit nicht eingesehen. Schließlich und endlich hat er die Firma komplett verkauft, der Preis war angemessen; er konnte sich nicht vorstellen, daß irgend etwas schiefgehen sollte.«

»Und ist etwas schiefgegangen?«

»Verstehen Sie mich nicht falsch. Ich mache auch Walter keinen Vorwurf; er mußte sich absichern.«
»Inwiefern?«
»Walter war nicht so sehr an Tonys Firma interessiert, sondern vielmehr an Tonys Patenten. Das war von Anfang an klar.«
»Und?« drängte Mike.
»Er ist nur – Walter hat sich natürlich gesagt, daß diese Patente an Wert verlieren würden, falls Tony seine Erfindungen verbesserte. Also nahm er eine Konkurrenzverbotsklausel in den Vertrag auf.«
»Klingt logisch.«
»Ja, aber Tony begriff nicht ganz, was das bedeutete. Es ging ihm nicht auf, daß er nicht länger auf seinem Gebiet arbeiten durfte. Gewiß konnte er eine neue Firma gründen, konnte andere Sachen entwickeln – solange er Walter keine Konkurrenz machte. Praktisch lief es darauf hinaus, daß Tony sich auf seinem eigentlichen Gebiet nichts mehr patentieren lassen konnte.«
»Und das versetzte ihn in Wut?«
»Er hatte das Gefühl, Walter habe ihm den Boden unter den Füßen weggezogen. Als ihm schließlich die ganze Tragweite dessen bewußt wurde, was er unterschrieben hatte, da – nun, wie gesagt, er ist alles andere als sanftmütig –«
»Was hat er gemacht?«
»Nun, es kam zu erregten Auseinandersetzungen.«
»In Ihrer Gegenwart?«
»Ja«, bestätigte Adrienne. »Er wollte das Geschäft rückgängig machen, aber davon wollte Walter natürlich nichts wissen. Die ›Haven Motor Company‹ existierte ja praktisch nur noch auf dem Papier. Mit Tonys Patenten hätte man ihr vielleicht wieder auf die Beine helfen können.«

»Und dieses Motiv ist der Polizei bekannt?«
»Ich weiß nicht, was der Polizei bekannt ist.«
»Glauben Sie, es könnte – etwas anderes sein?«
»Nein«, sagte Adrienne steif.
»Warum fragen Sie mich nicht nach dem Gerücht, das ich gehört habe?«

Die dunklen Augen flackerten, und aus den bleichen Wangen entwich jegliche Farbe, die noch zurückgeblieben war.

»Es ist nicht wahr«, flüsterte sie. »Über Tony und mich ...«

»Während der Verhandlungen haben Sie ihn ziemlich oft zu Gesicht bekommen, nicht wahr?«

»Ja. Walter mußte Tony – gewissermaßen – umschmeicheln. Wir haben uns angefreundet. Alle drei.«

»Alle drei. Und ein Dreieck hat drei Seiten –«

»Das ist eine Lüge!«

»Nein – das ist Geometrie.«

Adrienne Haven stand auf. »Ich mochte Tony gern. Ich mag ihn noch immer. Sonst wäre ich nicht hier. Aber ich hatte kein Liebesverhältnis mit ihm. Ist das klar genug ausgedrückt?«

»Es ist eine eindeutige Aussage – Ihrerseits. Ich würde gern dasselbe auch von ihm hören.«

»Auf das, was er sagt, kommt es nicht an. Tatsache ist, daß nichts zwischen uns war. Ich bin nicht zu Ihnen gekommen, damit Sie meinen – meinen Geliebten retten.«

»Sie handeln also aus purer Freundschaft?«

»Ich weiß, daß er unschuldig ist, Mr. Karr. Wenn Sie wüßten, daß jemand unschuldig ist, würden Sie dann alle Welt in dem Glauben lassen, er sei schuldig?«

Mike winkte müde ab. »Mrs. Haven, ich habe kürzlich

auch jemanden für unschuldig gehalten. Ich fürchte nur, ich habe mich geirrt.«

»Aber ich irre mich nicht.« Der Blick der flackernden, geradezu schillernden Augen brannte auf seinem Gesicht. »In diesem Fall irre ich mich nicht. Tony Jerrick kann meinen Mann nicht getötet haben, unter gar keinen Umständen!«

»Ich bin gern bereit, Ihnen zu glauben, Mrs. Haven, wenn Sie mir sagen, weshalb Sie so sicher sind.«

Endlich ließ Adriennes Blick ihn los. Sie legte ihre feingliedrige Hand auf den Rand der Tischplatte, als wolle sie sich stützen. Mike schaute auf die Hand hinab, auf ihre milchige Weiße, ihre zerbrechliche Form.

»Das kann ich Ihnen nicht sagen«, gestand Adrienne.

»Sie meinen – da gibt es nichts zu sagen?«

»Er ist unschuldig, Mr. Karr.«

»Das ist ganz einfach Ihr fester Glaube?«

»Es ist mehr als Glaube.«

»Dann sagen Sie mir, inwiefern es mehr ist.«

Sie sah ihn verzweifelt an.

»Ich möchte wissen, ob Sie den Fall übernehmen. Ich zahle Ihnen jedes Honorar, das Sie verlangen.«

»Wissen Sie, kürzlich hat mich jemand gebeten, Ihren Fall zu übernehmen, an Ihrer Stelle gebeten. Ich muß Ihnen die gleiche Antwort geben: Ich mag meine Klienten nicht aus zweiter Hand. Wenn Mr. Jerrick meine Hilfe wünscht, warum wendet er sich nicht selbst an mich?«

»Aber ich habe Ihnen doch gesagt –«

»Mrs. Haven«, unterbrach Mike sie, »im Grunde genommen haben Sie mir fast nichts gesagt.«

Jetzt blitzten die dunklen Augen. »Wissen Sie, was mich interessieren würde, Mr. Karr?«

»Nun?«

»Wie Louise Capice auf die Idee kommen konnte, daß Sie ein verständnisvoller Mensch sind.«

Sie nahm ihre Handtasche und ging zur Tür.

Den Rest des Vormittags über plagte Mike das vage, unbehagliche Gefühl, die Sache nicht richtig angefaßt zu haben, und so verlief auch die Unterredung mit Mr. Cudahy um elf Uhr fünfzehn unbefriedigend. Cudahy merkte wohl, daß sein Anwalt zerstreut war, denn er kürzte die Besprechung ab und lud Mike zum Mittagessen ein. Mike lehnte ab und sagte, er habe schon eine Verabredung. In Wirklichkeit hatte er keine. Aber als Cudahy das Büro verlassen hatte, verabredete er sich im Monticello Club, und zwar mit Winston Grimsley.

Winston saß an seinem üblichen Fenstertisch, dem bevorzugten Platz im Speisesaal des Klubs. Man überblickte von dort den See, das Bootshaus und die letzten vier Löcher des Golfplatzes. Louises Vater speiste allein; er war ein Eigenbrötler und hatte es nicht gern, wenn man ihn beim Essen störte. Aber als Mike eintrat, fiel die Begrüßung herzlich und fast schon überschwenglich aus.

Mike lehnte den Drink ab, den Winston ihm anbot. Als es Zeit war, das Mittagessen zu bestellen, rief Winston den Oberkellner des Klubs an den Tisch und sagte: »Mike, ich weiß nicht, ob Sie Waldo schon kennen. Eines der Talente, die ihn unersetzlich machen, ist sein untrügliches Gedächtnis. Stimmt's, Waldo?«

»Sehr freundlich«, murmelte Waldo und deutete eine Verbeugung an.

»Ich will es beweisen. Waldo, wann hat Mr. Karr zum letztenmal mit mir zusammen hier im Klub gespeist?«

»Mr. Karr, hm«, sagte Waldo und schloß die Augen wie ein Gedächtniskünstler im Varieté. »Das muß irgendwann letztes Jahr gewesen sein. Ein warmer Monat. August. Ja. Es war sehr heiß, die Klimaanlage lief auf Hochtouren. Lärm, durchgebrannte Sicherungen, ich weiß es noch genau.«

»Na ja, es ist schon ziemlich lange her, Winston.«

»Ja. Und damals wollten Sie mich aus einem bestimmten Grund sprechen. Schätzungsweise verhält es sich jetzt ebenso.«

Nachdem Waldo sich entfernt hatte, rückte Mike mit der Sprache heraus.

Winston schaute hinaus auf den See, bevor er antwortete.

»Ja«, sagte er schließlich. »Ich habe Walter Haven gekannt, Mike, ebenso gut, nehme ich an, wie jeder hier im Klub. Er hat mich ersucht, Mitglied des Direktoriums seiner Firma zu werden; es war mehr ein Ehrenamt als eine Aufgabe. Man kann die Firma am besten als ›dahinsiechend‹ bezeichnen.«

»Am Schluß nicht mehr«, wandte Mike ein. »Mit Tony Jerricks Patenten.«

»Möglich. Das Direktorium war begeistert über die Erwerbung; alles war besser als der damalige Zustand. Ich fürchte, Walter war zum Firmenchef nicht geboren; seine Bestrebungen waren mehr politischer Natur, glaube ich.«

»Nach allem, was man so hört, ja.«

»Aber das ist es nicht, was Sie jetzt hören wollen.«

»Nein. Ich möchte erfahren, was Sie Polizeichef Marceau mitgeteilt haben.«

»Haben Sie Bill schon gefragt?«

»Das möchte ich nicht«, sagte Mike. »Noch nicht. Kann

sein, er würde es mir nicht mal sagen. Bill kann unter Umständen sehr zugeknöpft sein, besonders bei Diskussionen über einen Fall, den er gerade bearbeitet.«

»Tja ... Möglicherweise verhält es sich so. Vor allem, falls Sie Tony Jerricks Verteidigung übernehmen.«

»Das steht noch nicht fest.«

»Spielen Sie mit dem Gedanken?«

Mike runzelte die Stirn. »Winston, ich würde es Ihnen hoch anrechnen, wenn Sie mir erzählen könnten, was Sie Bill gesagt haben. Falls Sie aus irgendeinem Grund glauben, Sie sollten lieber nicht, dann reden wir über Golf, Baseball oder die heutige Jugend, ganz wie Sie wollen.«

Winston lachte glucksend. »Die heutige Jugend, da gehören Sie auch noch irgendwie dazu, Mike. Also gut, ich erzähle es Ihnen.«

»Ich weiß nicht, wieso Walter sich ausgerechnet mit mir angefreundet hat. Sie wissen, ich gebe mich hier im Klub gar nicht viel mit den Leuten ab. Ich spiele eher den Einzelgänger. Aber Walter brauchte dringend einen Beichtvater, und anscheinend wirkte ich auf ihn väterlich genug, um dieser Bestimmung würdig zu sein. Walter gewöhnte sich also an, mir sein Herz auszuschütten, und obwohl er mitunter ziemlich langweilig war, hörte ich geduldig zu.

Wie gesagt, es war Walters Wunsch, daß ich seinem Direktorium beitrat. Er gab zu, daß die Firma sich nicht rentierte; ein bißchen Kapital war vorhanden, aber das war auch alles. Wir waren alle der Ansicht, und ich an erster Stelle, daß die Firma dringend einige gesunde Neuerwerbungen brauchte. Man empfahl uns Tony Jerricks kleines Unternehmen, die Gründe sind Ihnen bekannt, und die Verhandlungen begannen.

Walter packte die Sache mehr wie ein Politiker an, nicht wie ein Geschäftsmann. Er begann Mr. Jerrick zu kultivieren, lud ihn des öfteren in sein Haus ein, veranstaltete Partys für ihn, schickte ihm Geschenke, schmeichelte ihm nach allen Regeln der Kunst. Dabei setzte er auch, wie ich hinzufügen möchte, den Charme seiner Frau ein. Sie war fast immer dabei, wenn die beiden zusammentrafen. Und, offen gestanden, die Gerüchte, die das nach sich zog, wundern mich nicht. Zwar glaube ich nicht, daß sie wahr sind, aber Walter Haven trieb die beiden jungen Leute einander förmlich in die Arme, Mike.

Jedenfalls hatte er mit seinem Vorgehen Erfolg. Der junge Mann war an Geschäften im Grunde auch nicht mehr interessiert als Walter. Für beide war das Geschäft nur ein Mittel zum Zweck. Im Fall von Tony Jerrick war der Zweck die Arbeit als solche, die Lust am Erfinden, der Erfolg. Für Walter diente alles nur seinen politischen Zielen. Also willigte Tony ein und verkaufte sein Unternehmen und seine Patente.

Dummerweise kam ihm nicht zu Bewußtsein, was es bedeutete, diese Patente zu verkaufen. Um sich gegen Jerricks Erfindergabe abzusichern, ließ Walter ihn eine Übereinkunft unterzeichnen, in der Jerrick sich verpflichtete, mit der Gesellschaft nicht zu konkurrieren. Jerrick wußte nicht, daß sich das auch auf neue Erfindungen bezog.

Sobald Jerrick die Wahrheit erkannte, begriff er, daß er einen Fehler gemacht hatte. Er hatte viel mehr verkauft als ein Gebäude, ein paar Maschinen, Materialien und Planzeichnungen: Er hatte darauf verzichtet, auf dem Gebiet der Autozubehörtechnik weiterzuarbeiten.

Als ihm dies klargeworden war, ging er abermals zu

Walter und protestierte. Er wollte eine Vertragsänderung herbeiführen, notfalls die ganze Transaktion rückgängig machen. Aber das wollte Walter natürlich nicht.

All dies geschah in Walter Havens eigenem Haus, in seinem Wohnzimmer. Und auch dabei war Adrienne anwesend. Sie und Walter waren die einzigen Zeugen von Tony Jerricks Wutausbrüchen. Die einzigen Zeugen dafür, daß er handgreiflich geworden war.

Ja, Mike, so weit war es gekommen. Anschließend habe ich Walter eine Woche lang nicht gesehen; er litt unter den Nachwirkungen eines Faustschlags, den Tony Jerrick ihm an jenem Abend aus lauter Wut versetzt hatte. Und gedroht hat der Bursche Walter auch, Mike. Das alles hat Walter mir erzählt, und er hat auch gesagt, daß er sich vor dem jungen Mann allen Ernstes fürchtete.«

»Das alles haben Sie also Bill Marceau mitgeteilt«, sagte Mike.

»Ja, Mike. Ich mußte es ihm sagen, denn Bill hatte sich während der Ermittlungen über die Ursache von Walters Tod an mich gewandt. Er fragte mich, ob mir etwas – nun ja – Ungewöhnliches über Walter Haven bekannt sei. Und die Geschichte, die Sie eben gehört haben, ist doch wohl ungewöhnlich genug.«

»Und daraufhin hat man Tony Jerrick verhaftet.«

»Nur aufgrund meiner Aussage? Das bezweifle ich, Mike.«

»Angeblich hatte man mehrere Gründe. Tony Jerrick soll sich am Abend des Mordes in Havens Haus aufgehalten haben. Wissen Sie etwas darüber?«

»Tut mir leid, da müssen Sie schon Bill fragen.«

Mike knurrte und griff nach seinem Wasserglas. »Das werde ich auch.«

Und er fragte rundheraus und erwartete alles mögliche – sogar daß der Polizeichef von Monticello ihn hinauswarf. Bill jedoch schaute ihm ganz ruhig in die Augen.

»Klar verrate ich es dir, Mike«, sagte er. »Warum denn nicht? Möchtest du den Fall etwa übernehmen?«

»Nein«, erwiderte Mike.

»Hat jemand dich darum ersucht?«

»Bill, was hat dich veranlaßt, Jerrick in Detroit festnehmen zu lassen? Hattest du wirklich genug Beweise?«

»Einen ganzen Haufen«, erklärte Bill seelenruhig. »Und ich erzähle dir nur allzugern davon, für den Fall, daß du gleich wieder in den Sattel klettern willst.«

»In was für einen Sattel?«

»Na, du weißt doch.« Bill lächelte. »Es heißt, wenn ein Pferd einen Reiter abwirft, dann soll der sofort wieder aufsitzen. Um gar nicht erst die Nerven zu verlieren. Ich für meine Person sehe die Dinge anders. Ich finde, man muß erst nachsehen, ob es sich wirklich lohnt, das Pferd noch einmal zu besteigen, oder ob man mit einem vernünftigeren Tier nicht besser dran wäre. Drücke ich mich klar genug aus?«

»Nein«, sagte Mike. »Du machst geheimnisvolle Andeutungen. Es sei denn, du willst mir nahelegen, die Finger von dem Fall zu lassen.«

»So etwas würde ich nie zu dir sagen. Im Moment jedoch, Mike, möchte ich den Fall mit mehreren Silben charakterisieren, gegen die du lieber nicht anzurennen versuchen solltest: un-an-tast-bar.«

Mike schluckte. »So sicher bist du deiner Sache?«

Bill nickte und ging zum Schreibtisch. Er nahm einen Stapel Papiere in die Hand und blätterte sie durch.

»Ereignisse des siebzehnten April«, sagte er. »Ziemlich

erschöpfende Dokumentation. Keine Löcher. Tatort, das Haus der Havens. Allein anwesend Walter Haven; er befand sich zwischen zwanzig Uhr und Mitternacht in seinem Arbeitszimmer. Die Haushälterin, Mrs. Merrow, abwesend infolge Krankheit – sie lag mit einer Venenentzündung im Krankenhaus von Monticello. Julian, der Diener, hatte seinen freien Abend. Er war im Kino. Übrigens« – er grinste – »ein Krimi. Mrs. Haven hat das Haus um halb acht verlassen, um eine Party bei Mr. und Mrs. Capice zu besuchen.«

»So viel weiß ich auch«, sagte Mike.

»Jetzt kommt etwas, was du nicht weißt. Haven war zwischen zwanzig Uhr und Mitternacht nicht als einziger im Haus anwesend. Er hatte nämlich einen Besucher...«

»Große Neuigkeit. Jemand ist gekommen und hat ihn umgebracht!«

»Stimmt. Und zwar ist der Täter durch die Glastür des Arbeitszimmers eingedrungen. Die war nämlich nicht verriegelt, kein Problem, sie zu öffnen. Fußspuren auf dem Teppich, Schmutz. Fingerabdrücke auf der Tür. Kam herein, erschoß Haven, der am Schreibtisch saß, und ging wieder. Verschwunden. So einfach war das.«

»Und du bist sicher, es war Tony Jerrick?«

»Mike, ich wünschte mir lauter so simple Mordfälle wie diesen. Jerrick war wütend auf Walter Haven, wünschte ihm die Pest an den Hals. Er wartete, bis Haven allein war, und drang ins Arbeitszimmer ein. Vielleicht hatte er nur vor, ihm einen Schrecken einzujagen, ihn mit einer Waffe zu bedrohen, ihn zu zwingen, den Vertrag zu lösen, zu dem Haven ihn überredet hatte. Und als Haven nicht so reagierte, wie Jerrick wollte, verlor er den Kopf und erschoß ihn.«

»Du hast also konkretes Beweismaterial?«
»Mehr, als wir brauchen, Mike. Fußspuren, Fingerabdrücke – jede Menge.«
»Die Waffe?«
»Nein, die hat er verschwinden lassen. Keine Ahnung, wo.«
»Ein Geständnis?«
»Er widersetzt sich noch. Einiges gibt er zu. Der Rest wird später kommen. So ist es immer.«
»Was gibt er zu?«
»Daß er dort war – in Havens Arbeitszimmer.«
»Was wollte er da?«
»Angeblich geschäftliche Dinge besprechen. Und ich glaube ihm.« Der Polizeichef runzelte die Stirn. «Mike, wirst du den Fall übernehmen?«
»Ich sage dir doch – nein.«
»Wozu also die vielen Fragen?«
»Es interessiert mich.«
»Warum?«
»Warum nicht?«
»Weil ich dich vor allzuviel Interesse warnen möchte. Es wäre mir verdammt unrecht, wenn man dich herumkriegt, und du sitzt neben diesem Kerl im Gerichtssaal. Mike, du kannst keine zweite Niederlage brauchen. Und die handelst du dir mit Tony Jerrick ein.«

Mike lächelte und tippte Bill Marceau mit dem Finger an die Schulter. »Du liegst falsch, mein Freund. Niemand will mich herumkriegen. Und ich denke nicht daran, eine Niederlage einzuhandeln. Jemand hat mich gebeten, mich des Falles anzunehmen.«
»Aha!«
»Und ich habe abgelehnt. Noch bevor ich die Fakten

kannte. Ich habe abgelehnt, weil der eventuelle Mandant sich nicht selbst an mich gewandt hat. Und jetzt, wo ich weiß, was die Glocke geschlagen hat, würde das vermutlich auch nichts nützen.«

»Hoffentlich«, sagte Bill mit Betonung. »In deinem Interesse.«

Mike grinste und ging nach Hause. Nancy hatte ihn am Nachmittag angerufen und angekündigt, sie werde ein großartiges Abendessen kochen und er solle doch bald kommen. Er hatte Hunger und freute sich aufs Essen. Auf ein kühles Bier. Darauf, herumzusitzen und sich zu entspannen und nicht mehr an Fälle und Mandanten zu denken.

Und doch hatte er noch immer das vage, unbehagliche Gefühl, die Sache nicht richtig angefaßt zu haben.

5

Nancy fing gleich an der Tür an zu flüstern.

»Tut mir leid, Mike, ich konnte ihn nicht loswerden. Er hat sich einfach nicht abweisen lassen.«

»Wer?«

»Mr. Reddy, von der Versicherung.«

»*Wer?*«

»Er sitzt in deinem Arbeitszimmer. Er hat geschworen, er stört uns nicht beim Abendessen, er will nichts weiter als zehn Minuten mit dir sprechen und –«

»Liebling, ich höre wohl nicht recht: Du hast einen Versicherungsvertreter hereingelassen? Und er lauert auf mich in meinem eigenen Arbeitszimmer?«

»Aber nicht doch«, widersprach Nancy und zog die

Mundwinkel herab. »Er hat gesagt, er will dir nichts verkaufen, er wollte dich im Büro aufsuchen, aber du warst angeblich schon weg.«

»Ich bin nach dem Mittagessen nicht mehr hingegangen«, sagte Mike. »Ich habe Bill im Polizeipräsidium besucht.« Er ging ins Wohnzimmer, und Nancy folgte ihm beflissen. »Also, wenn er mir keine Versicherung andrehen will, was will er dann von mir?«

»Das hat er mir nicht sagen wollen, Liebling. Aber er war felsenfest davon überzeugt, daß du mit ihm reden willst.«

»Na schön«, seufzte Mike, und seine Visionen eines gemütlichen Abends schwanden dahin. »Mal sehen, was er will.«

Zunächst einmal wollte Harold Reddy ihn mit Handschlag begrüßen. Er hatte einen kräftigen Händedruck, der Mike zusammenzucken ließ.

Reddy hatte den Körper eines japanischen Ringkämpfers und ein Gesicht, das in sieben verschiedenen Richtungen Fältchen produzierte, sobald er lächelte. Es war ein Verkäuferlächeln, aber gegen diesen Eindruck baute Reddy sofort vor.

»Keine Sorge, Mr. Karr«, gluckste er, »ich habe seit zwanzig Jahren keine Milford-Lebensversicherung mehr verkauft. Ich bin jetzt in der Vergütungsabteilung tätig, also am entgegengesetzten Ende.« Das Glucksen artete in dröhnendes Gelächter aus. »Ich bin der Mann, den die Vertreter am liebsten unterschlagen. Ich versuche zu verhindern, daß die Kunden kassieren.«

»Aber ich will gar nichts kassieren«, stellte Mike fest. »Ich bin nicht einmal bei Ihrer Gesellschaft versichert.«

»Gewiß, natürlich nicht, Mr. Karr. Weiß ich. Aber Walter Haven – um den dreht es sich hier.«

Mike zuckte nicht mit der Wimper.

»Ich kenne keinen Walter Haven, Mr. Reddy.«

»Aber klar! Der Mann, der ermordet wurde!«

»Ach so, der – äh – Automobilfabrikant?«

Die Falten auf Reddys Gesicht verzogen sich zu einem Grinsen. »Was halten Sie davon, wenn wir uns hinsetzen und einander nichts vormachen? Der Name Walter Haven ist Ihnen durchaus bekannt. Und Sie kennen auch Mrs. Haven. Und Ihre liebe Frau kocht draußen das Abendessen und lauert nur darauf, daß ich wieder verschwinde. Also, wie haben wir's?«

»Offenheit entwaffnet mich immer«, sagte Mike.

Sie setzten sich. Reddy ließ sich grunzend auf Mikes Ledersofa nieder.

»Was wollte Adrienne Haven von Ihnen?« fragte er dann.

»Wie bitte?«

»Sie hat Sie heute in Ihrem Büro aufgesucht und ist etwa eine Stunde geblieben. Wir wissen das, weil wir sie nämlich beschatten lassen. Was hat sie gewollt?«

Mike zog eine Grimasse. »Ich habe gesagt, Offenheit entwaffnet mich. Aber das heißt noch lange nicht, daß ich mich überrumpeln lasse.«

»Hat sie Sie engagiert?«

»Mr. Reddy, das geht Sie nichts an.«

»Weiß ich! Aber ich versuche herauszufinden, auf wessen Seite Sie stehen.«

»Auf keiner Seite. Ich bin neutral.«

»Gut.« Jetzt gluckste er wieder. »Sie sind also aufgeschlossen für unsere Argumente. Sehen Sie, Mr. Karr, was auch immer die Dame Ihnen erzählt hat, wir bezweifeln, daß es die Wahrheit war.«

»Ob wahr oder nicht«, sagte Mike, »erwarten Sie nicht, von mir auch nur ein Wort zu erfahren. Ich nehme an, der Begriff ›Berufsgeheimnis‹ ist Ihnen vertraut ...«

»Ja doch, ja doch.« Reddy winkte mit seiner fleischigen Pfote ab. »Klar schütteln Sie diesen Otto aus Ihrem Ärmel. Ich hatte schon haufenweise mit Rechtsanwälten zu tun. Besonders wenn so große Gelder auf dem Spiel stehen.«

»Was für große Gelder?«

»Unser Geld«, sagte Reddy und runzelte zum erstenmal die Stirn. »Das Geld der Gesellschaft. Eine halbe Million Dollar, Mr. Karr, und Inflation hin oder her, das ist ein hübsches Sümmchen. Und wenn es nur zehn Dollar wären, dann wäre es immer noch zuviel als Belohnung für einen Mord.«

»Belohnung?«

»Nichts auf der Welt hasse ich mehr, Mr. Karr, als wenn ein Mörder für sein Verbrechen auch noch kassiert. Das verletzt meinen Gerechtigkeitssinn. Den Bilanzen der Firma bekommt es auch nicht. Und das wiederum kann sich auch auf meine eigenen Bilanzen negativ auswirken. Sie sehen, wie es funktioniert?«

»Mr. Reddy, wollen Sie mir etwa einreden, Adrienne Haven habe Ihrer Meinung nach ihren Mann umgebracht?«

»Die Versicherung wurde zu ihren Gunsten abgeschlossen.«

»Und das macht sie verdächtig?«

»Warum nicht?«

»Weil die Gründe nicht ausreichen.«

»Wollen Sie noch einen Grund hören?«

»Nein, danke«, erwiderte Mike kalt.

»Tony Jerrick«, sagte Reddy. »Noch einen? Sie hat ihren Mann nicht geliebt. Und noch einen? Sie war ein armes Mädchen und dachte, sie hat einen reichen Mann geheiratet; und dann hat sich herausgestellt, daß Haven zwar ein tolles Haus und eine tolle Autofabrik hatte, aber das Haus war mit Hypotheken überlastet, und die Autofabrik war pleite.«

Mike sagte: »Mr. Reddy, Sie vergeuden Ihre wertvolle Zeit. Adrienne Haven ist nicht meine Klientin. Ich bin an dem Fall nicht interessiert. Und ich habe einen Bärenhunger.«

»Ich weiß, was Sie denken«, fuhr Reddy fort, und das Lächeln kam zurückgekrochen. »Ihr Freund von der Polizei hat Ihnen vermutlich erzählt, da sie's nicht gewesen sein kann, daß sie ein prima Alibi hat. Nun, andere Alibis sind auch schon zusammengebrochen, Mr. Karr, das wissen Sie genausogut wie ich. Und schließlich ist auch die Möglichkeit nicht von der Hand zu weisen, daß Mrs. Haven mit einem Komplizen zusammenarbeitete. Vielleicht hat Tony Jerrick nur die Schmutzarbeit ausgeführt, und geplant haben sie es gemeinsam –«

Mike stand auf.

»Es war mir ein Vergnügen, Mr. Reddy. Schade, daß ich Ihnen nicht behilflich sein kann.«

»Mr. Karr, ich habe seit zwei Jahren keinen saftigen Versicherungsbetrug mehr aufgedeckt. Das könnte für mich einen ganz persönlichen Stein in meinem ganz persönlichen Brett bedeuten.«

»Viel Glück«, sagte Mike und kämpfte gegen die Versuchung an, sich abermals um den Finger wickeln zu lassen.

»Vielleicht schinde ich sogar eine Gehaltserhöhung dabei heraus, und weiß Gott, ich könnte ein paar Extrakröten brauchen. Ich habe zwei Söhne, Zwillinge, die kommen beide nächstes Jahr aufs College. Wenn das kein Tritt in den Hintern ist!«

»Mr. Reddy, ich kann Ihnen leider nicht helfen.«

»Eine halbe Million würde nicht zur Auszahlung gelangen, wenn wir beweisen könnten, daß Adrienne Haven an dem Mord beteiligt ist. Wir könnten es uns sogar leisten, gegen einen hübschen Vorschuß jemanden anzuheuern, der uns beweisen hilft, daß –«

»Falls Sie dabei an mich denken – nichts zu machen.«

»Das wäre keine Bestechung, Mr. Karr, sondern eine völlig legale Belohnung. Sagen wir zehntausend Dollar.«

»Ich bin kein Glücksritter, Mr. Reddy, ich bin weiter nichts als ein Anwalt. Und im Moment bin ich nicht einmal Adrienne Havens Anwalt. Warum reden Sie nicht mit dem?«

Reddy nickte nachdenklich. Dann stieß er ein Grunzen aus und stemmte sich vom Sofa hoch.

»Okay«, sagte er. »Es war einen Versuch wert.«

Mike begleitete ihn zur Tür. An der Schwelle sagte Reddy: »Ich möchte mich von Ihrer Frau verabschieden.«

»Das richte ich ihr schon aus.«

Aber Reddy erspähte Nancy, die gerade das Wohnzimmer betrat, und rief: »Mrs. Karr?«

»Ja?« sagte Nancy.

Reddy setzte ihr zu Ehren ein Superlächeln auf.

»Ich habe mich gerade mit Ihrem Mann über etwas unterhalten, was Sie vielleicht auch interessiert. Er könnte im Handumdrehen zehn- oder zwanzigtausend Dollar verdienen, wenn er meiner Gesellschaft behilflich ist. Ich glaube, das sollten Sie wissen. Falls Sie zum Beispiel das Haus umdekorieren wollen...? Gute Nacht!« Und er ging.

Nancy starrte Mike mit offenem Mund an; Mike mußte einfach lachen.

»So ein gewiefter Schurke«, sagte er. »Ich mag den Kerl.«

»Ich finde ihn unausstehlich«, widersprach Nancy. »Mir so etwas zu sagen!«

Dann beim Abendessen fragte sie: »Sag mal, was müßtest du denn tun, um die zwanzigtausend zu bekommen?«

Mike erzählte es ihr. Das einzige, was er unterschlug, war die Frage, die ihn quälte, seit Adrienne Haven das Büro verlassen hatte.

Wie konnte sie so sicher sein, daß Tony Jerrick unschuldig war?

Bis zum Freitag abend hatte Mike die Frage fast völlig ins Unterbewußtsein verdrängt. Sie kam erst wieder auf, als Nancy und er im Haus der Capices am Orchard Hill eintrafen, wo sie zum Abendessen eingeladen waren. Eine Überraschung erwartete Mike im Wohnzimmer. Statt für vier war für sechs Personen gedeckt, und die beiden zusätzlichen Gäste waren Adrienne Haven und ihr Vater Eldon Kyle.

Es fiel Mike nicht leicht, sich seine Mißbilligung weder durch Worte noch durch Mienenspiel anmerken zu lassen. Aber Nancy und Louise retteten die Situation.

»Mr. Kyle«, sagte Nancy, »ich bin überzeugt, es war für Ihre Tochter eine große Hilfe, Sie gerade jetzt in der Nähe zu haben...«

Kyle griff über den Tisch und tätschelte Adriennes Hand. »Sie war eine Hilfe für mich, Mrs. Karr. Ich wußte gar nicht, was für Kräfte in ihr stecken, bevor diese entsetzliche Sache passiert ist.«

Louise bemerkte: »Das ist die erste Einladung, die Adrienne seit damals angenommen hat. Ich dachte mir, es würde ihr guttun.«

»Ich halte es für eine großartige Idee«, stimmte Nancy zu. »Du nicht auch, Mike?«

»Ja, warum denn nicht?« antwortete Mike und schaute Adriennes gesenkte Lider an. Es war ihm nicht recht, als die Lider sich hoben und Adriennes vorwurfsvolle Augen ihn anblickten.

»Ich möchte wetten, die Leute werden daraufhin noch mehr klatschen«, sagte sie. »Anscheinend erwartet man, daß ich Walter ein ganzes Jahr lang in klösterlicher Abgeschiedenheit betrauere. Aber ich habe mir gedacht, wenn ich nicht bald ein wenig unter die Leute komme, dann werde ich verrückt.«

»Und das hätte Walter bestimmt nicht gewollt«, ergänzte ihr Vater lächelnd. »Oder?« Er hielt noch immer Adriennes Hand in der seinen, und er sah sie mit so augenfälliger Hingabe an, daß es den Anwesenden peinlich war.

»Mike«, sagte Louise, um davon abzulenken, »wußtest du eigentlich, daß Mr. Kyle früher Arzt war? Natürlich könnte er sich nach wie vor mit ›Doktor‹ anreden lassen, aber es ist ihm lieber, wenn man es nicht tut.«

Kyle lächelte. »Ich habe meinen Beruf vor zehn Jahren an den Nagel gehängt, bevor ich zu einem von diesen angegrauten Hausärzten wurde, die alle Welt so entzückend findet und die oft solches Unheil anrichten...«

»Trotzdem wäre es mir lieber, wenn Vater als ›Doktor‹ Kyle bekannt wäre«, sagte Adrienne. »Es klingt so distinguiert.«

Phil sagte: »Ich kenne Leute, die nennen sich ›Doktor‹, obwohl sie viel weniger Recht dazu haben.«

»Mir ist es so lieber«, meinte Kyle. »Andernfalls würden mir die Leute nur mit ihren Rückenschmerzen, Leberleiden und eingewachsenen Zehennägeln auf die Nerven gehen.«

Louise und Nancy lachten. Einen Moment lang schien die Stimmung der Gesellschaft völlig gelöst und normal zu sein.

Aber Mike wußte, daß es sich nicht so verhielt. Das wurde ganz offensichtlich nach dem Essen, als Louise alle ins Wohnzimmer bat, wo man auf den Kaffee warten wollte. Phil bat Mike in einen kleinen Nebenraum, der gleichzeitig als Fernseh- und als Spielzimmer diente, vermutlich um ihm seine neueste Erwerbung zu zeigen, einen Billardtisch. Aber irgendwie verschwand Phil von der Bildfläche, und Louise kam mit Adrienne hereingeschlendert, und dann schlenderte Louise wieder hinaus. Die ganze Angelegenheit war nur inszeniert worden, um Mike und Adrienne Haven allein in einem Zimmer zusammenzubringen.

Mike war verärgert, aber es blieb ihm keine andere Wahl. Er fügte sich und sagte: »Da wären wir also wieder, was?«

»Ja, scheint so.«

»Und wie laufen die Dinge? Haben Sie Mr. Jerrick überzeugen können, daß es besser ist, sich einen Anwalt zu nehmen?«

»Ich glaube, er hat mittlerweile Angst genug bekommen, um es in Betracht zu ziehen. Wissen Sie, am Anfang hat er ganz fest geglaubt, das alles sei nur ein lächerlicher Irrtum. Natürlich sah es schlecht für ihn aus, aber da er unschuldig war, rechnete er damit, daß man das sehr schnell feststellen würde.«

»Aber das war nicht der Fall«, sagte Mike.

»Es ist nur noch schlimmer geworden«, fuhr Adrienne düster fort. »Es ist wie eine Verschwörung des Schicksals. Alles deutet auf ihn hin, aber alle Hinweise sind falsch.«

»Davon sind Sie nach wie vor überzeugt?«

Sie wartete, bis er sie ansah; erst dann antwortete sie.

»Noch nie in meinem Leben war ich von etwas so überzeugt, Mr. Karr.«

Mike seufzte. »Mrs. Haven, darf ich eine direkte Frage an Sie richten?«

»Natürlich.«

»Hat Louise dieses Abendessen so arrangiert, daß Sie mit mir sprechen können?«

»Ja«, gab Adrienne zu.

»Sie weiß, daß ich den Fall schon abgelehnt habe?«

»Sie haben abgelehnt, weil Tony sich nicht persönlich an Sie gewandt hat. Heute ist es anders, ich spreche mit Ihnen im Auftrag von Tony.«

»Warum hat Mr. Jerrick selbst keinen Versuch gemacht, sich mit mir in Verbindung zu setzen? Er hat das Recht, sich mit jedem Anwalt seiner Wahl zu verständigen. Er hätte mich bitten können, ihn aufzusuchen.«

»Also gut, er hat mich nicht direkt beauftragt. Aber ich weiß, er wird Ihre Hilfe nicht ausschlagen, wenn Sie mit ihm sprechen.«

Ihre Augen funkelten. Auf einmal fiel Mike ein, was Bill Marceau gesagt hatte: Du handelst dir eine Niederlage ein.

»Tut mir leid«, sagte er. »Ich glaube nicht, daß die Umstände diese Art von Eingreifen von mir erfordern.

Ich habe meine Meinung nicht geändert, seit Sie bei mir waren, Mrs. Haven.«

»Sie haben einfach Angst!«

»Was?«

»Ich weiß doch Bescheid über Sie, Mr. Karr! Sie und Ihre sagenhafte Reputation! So märchenhaft, daß es Ihnen vor einer Niederlage schon in Gedanken graut ...«

»Niemand verliert gern, Mrs. Haven.«

»Gewinnen oder verlieren – das ist alles, worauf es Ihnen im Moment ankommt! Aber so waren Sie nicht immer. Es hat eine Zeit gegeben, da haben Sie sich wirklich eingesetzt, um der Sache willen. Da ging es Ihnen nur um Gerechtigkeit. Aber jetzt – gewinnen, verlieren! Das ist alles.«

»Mrs. Haven ...«

»Sie haben einfach Angst davor, mit Tony zu sprechen, weil Sie gehört haben, wie schlecht es um ihn steht. Und Ihren letzten Prozeß haben Sie verloren –«

»Ich spreche mit jedem«, erklärte Mike fest. »Mit jedem, der mit mir sprechen will. Aber das will Ihr Mr. Jerrick ja anscheinend nicht.«

Adrienne war den Tränen nahe. Aufgebracht stieß sie hervor: »Wie kann man sich nur in jemandem so täuschen? Louise hat mir geschworen, Sie seien der netteste, anständigste Mensch auf der Welt – Sie würden alles, wirklich alles unternehmen, wenn Sie das Gefühl hätten, es liege ein Unrecht vor ...«

»Vielleicht irren Sie sich auch in der Beurteilung anderer Leute, Mrs. Haven. Vielleicht irren Sie sich im Hinblick auf Tony Jerrick.«

»Nein! Das ist ausgeschlossen!«

»Vielleicht ist all dieses vernichtende Beweismaterial

gegen Jerrick wirklich echt. Vielleicht hat sich nicht nur das Schicksal gegen ihn verschworen. Vielleicht ist sein ärgster Feind die Wahrheit.«

»Die Wahrheit«, sagte Adrienne bitter. »Mein Gott, wie ich das Wort hasse!«

»Warum? Wenn es wahr ist, daß Tony Jerrick Ihren Gatten ermordet hat –«

»Das hat er nicht!«

»Mrs. Haven, mit dieser Meinung stehen Sie vermutlich ganz allein da.«

»Aber ich weiß es!« rief Adrienne. »Können Sie das denn nicht verstehen?«

»Nun gut, Mrs. Haven –«

»Ich weiß, daß er unschuldig ist! Und ich bemühe mich die ganze Zeit, Ihnen das begreiflich zu machen!«

»Es besteht ein großer Unterschied zwischen einer Tatsache und einem Gefühl. Und das Gesetz fordert strengste Beachtung dieses Unterschieds.«

Die Frau wandte sich ab, wirbelte so schnell herum, daß Mike dachte, sie würde das Gleichgewicht verlieren. Trotz ihrer Zerbrechlichkeit, der durchscheinenden Blässe ihres Gesichts wirkte ihr Körper kraftvoll. Einen Moment lang sah es so aus, als wolle sie aus dem Zimmer fliehen, davonlaufen vor der Notwendigkeit, ihren Standpunkt zu verfechten. Aber dann setzte sie sich hin, verschränkte die Hände vor den Knien und senkte den Kopf, wobei ihr Haar nach vorn hinabfiel. Eine Weile saß sie so da, wie eine Statue des Schmerzes, dann hob sie den Kopf und sah Mike wieder an.

»Tony kann Walter nicht getötet haben«, sagte sie. »Walter ist nämlich gar nicht ermordet worden. Er hat Selbstmord begangen.«

»Ich muß schon sagen, Mrs. Haven –«
»Walter hat sich selbst getötet. Ich habe ihn im Arbeitszimmer gefunden, ich habe es gesehen.«
»Es gab nicht den geringsten Anhaltspunkt für Selbstmord –«
»Nein, denn ich habe alles entfernt, was darauf hindeutete.«
Auf einmal herrschte so große Stille im Raum, daß Mike eine Uhr ticken hörte. Er hatte bis jetzt gar nicht gewußt, daß sich eine Uhr im Raum befand.
»Adrienne ...«
Ihr Vater stand im Türrahmen. In seinem Gesicht waren Sorgenfalten eingegraben, die Mike beim Essen nicht bemerkt hatte.
»Alles in Ordnung, Kind?« fragte Kyle.
»Ja«, flüsterte Adrienne. »Mir geht's gut, Daddy.«
»Wir haben uns gerade über juristische Probleme unterhalten«, sagte Mike. Er beobachtete Kyle, wie er sich seiner Tochter näherte, wie seine Hand zitterte in dem Verlangen, sie zu trösten.
»Du siehst nicht gut aus, Adrienne, viel zu blaß. Du regst dich doch nicht etwa zu sehr auf?«
»Nein, Daddy, es ist alles in Ordnung.«
Aber jetzt rannen Schweißperlen ihr Gesicht hinab, und ihre Hände begannen zu flattern. Mike sagte: »Kann ich mich irgendwie nützlich machen, Mrs. Haven? Vielleicht sollte ich Louise rufen ...«
»Ich weiß, was mit ihr zu geschehen hat«, entgegnete Kyle ein wenig scharf. »Liebes, du hast doch deine Pillen eingesteckt?«
»Ja, Daddy«, flüsterte Adrienne. Ihre Augen waren trüb geworden. Sie ließ zu, daß ihr Vater in ihrer perlenbestick-

ten Handtasche herumkramte und die Pillendose zum Vorschein brachte. »Tut mir leid«, wandte sie sich mit erzwungenem Lächeln an Mike. »Ich bekomme manchmal diese – Schwächeanfälle. Gleich ist es wieder vorbei.«

»Ich bringe dich nach Hause«, erklärte Kyle fest. »Ich glaube, da gehörst du jetzt hin.«

»Nein, Daddy, wirklich –«

»Wer ist hier der Arzt, Kind?« fragte Kyle. »Wer ist der Arzt im Haus?«

»Daddy, du bist der Doktor«, sagte Adrienne folgsam.

Mike bat Nancy, auf der Heimfahrt das Steuer zu übernehmen, und da wußte sie gleich Bescheid.

»Du grübelst über etwas nach«, sagte sie. »Es ist immer dasselbe. Wenn du über etwas nachgrübelst, muß ich fahren.«

Mike grinste. »Denken und lenken paßt nicht zusammen.«

»Ich dachte, trinken und lenken –«

»Läuft auf dasselbe hinaus. Beides beeinträchtigt das Reaktionsvermögen.«

»Mike, du hast mit Adrienne Haven gesprochen, nicht wahr?«

»Ja. Hast du denn nicht durchschaut, was Louise im Sinn hatte? Sie hat dieses Gespräch bewußt arrangiert.«

»Und was wollte sie? Wieder dasselbe?«

»Ja. Ich soll Tony Jerricks Verteidigung übernehmen.«

»Und was will Tony Jerrick?«

»Das weiß ich noch immer nicht. Aber jedenfalls ist sie mit einer Information herausgerückt. Sie hat mir anvertraut, warum sie so sicher ist, daß Jerrick ihren Mann nicht ermordet hat.«

»Und?«

»Weil er nämlich«, erläuterte Mike grimmig, »weil er nämlich gar nicht ermordet wurde.«

»Aber das ist doch lächerlich!«

»Genau meine Reaktion. Sie scheint sich einzureden, daß Haven Selbstmord begangen hat.«

»Aber hast du nicht gesagt, daß man am Tatort keine Waffe gefunden hat?«

»Es gab überhaupt keinen Anhaltspunkt für einen Selbstmord. Keinen Abschiedsbrief, keine Waffe und, soviel ich weiß, kein Motiv.«

»Wie kann sie dann so einen Unsinn behaupten? Ein Mann kann sich doch nicht erschießen und hinterher die Waffe beiseite schaffen.«

»Stimmt. Aber jemand anders könnte das.«

»Jemand anders?«

»Adrienne Haven behauptet, es gab Hinweise auf einen Selbstmord, als sie damals das Arbeitszimmer betrat. Aber sie hat das Beweismaterial entfernt.«

»Aber warum denn?«

»Mehr hat sie mir nicht gesagt. Bevor sie weitersprechen konnte, kam ihr Vater herein. Vielleicht hätte sie sowieso nicht weitergeredet. Sie hat ziemlich krank ausgesehen.«

Nancy biß sich auf die Lippen. »Sie sieht richtig krank aus, nicht wahr? So blaß –«

»Schwer zu sagen. Sie nimmt dauernd irgendwelche Pillen, aber das tun andere Leute auch. Ich glaube eher, sie pflegt das blasse Aussehen – aus Gründen der Schönheit.«

»Du findest sie schön?«

Mike grinste und streichelte ihre Schulter.

»Heute abend hätte sie bestimmt schön gewirkt – nur, die Konkurrenz war zu groß.«

»Danke. Liebling. Oder dachtest du eher an Louise?«
»Du weißt ganz genau, was ich denke.«
Sie warf ihm einen Seitenblick zu. »Da bin ich mir nicht so sicher.«

Am Samstag morgen rief er bei der Milford-Lebensversicherungsgesellschaft an und sprach mit der Wochenendtelefonistin. Erst zögerte sie, ihm die gewünschte Information zu geben; die Privatadressen der Angestellten wurden normalerweise nicht weitergegeben. Aber Mike ließ seine Überredungskünste spielen, und schließlich bekam er Adresse und Telefonnummer von Harold J. Reddy aus der Vergütungsabteilung.

Er rief ihn erst gegen Mittag an, da er ihn nicht um das Vergnügen bringen wollte, lange zu schlafen. Trotzdem klang Reddys Stimme auch jetzt noch verschlafen.
»Wer?« fragte er.
»Mike Karr.«
Das weckte ihn auf.
»Ich rufe an«, sagte Mike, »weil ich über all das Extrahaushaltsgeld nachgedacht habe, das Sie meiner Frau versprochen haben. Ich hätte es gern in kleinen Scheinen – einverstanden?«
»Haben Sie was?«
»Nur eine Frage«, sagte Mike. »Bezüglich der Versicherung, von der Sie mir erzählt haben. Sie lautete auf eine halbe Million?«
»Stimmt.«
»Was für eine Versicherung war es?«
»Eine ganz gewöhnliche Lebensversicherung.«
»Und Mrs. Haven kommt als einzige in den Genuß der Summe?«

»Genau. Und wenn wir nicht bald irgend etwas finden, müssen wir blechen. Eine halbe Million, steuerfrei; nicht schlecht, was?«

Mike schnalzte mit der Zunge gegen die Zähne. »Sie haben etwas über Havens Finanzen fallenlassen. Etwas Negatives.«

»Katastrophal.«

»Und trotzdem konnte er sich eine Versicherung in dieser Höhe leisten?«

»Es war eine fette Prämie, aber sie hat ihn nicht umgeworfen. Im übrigen können Sie meinen Auskünften über seine finanzielle Lage blind vertrauen. Ich habe mich eingehend danach erkundigt, um zu untermauern, was ich vermute, nämlich daß seine Frau ihn um die Ecke gebracht hat, um die Versicherungssumme einzustecken. Sein restlicher ›Nachlaß‹ ist kaum der Rede wert.«

»Seit wann besteht die Versicherung?«

»Wie lange war er verheiratet?«

»Neunzehn Monate, glaube ich.«

»Genau. Damals hat er sie abgeschlossen. Sozusagen als Hochzeitsgeschenk. Vorher gab es niemanden, dem er das Geld hätte hinterlassen können.«

»Und die vertrauensärztliche Untersuchung ergab keine Einwände?«

»Er war in guter Verfassung«, sagte Reddy. Seine Stimme klang neugierig. »Worauf zum Teufel wollen Sie hinaus, Karr?«

»Informationen«, sagte Mike. »Vor allem, was einen bestimmten Punkt anbetrifft. Ist bei Lebensversicherungen nicht eine Selbstmordklausel üblich? Und zwar so, daß während der ersten zwei Jahre im Falle von Selbstmord keine Zahlung erfolgt?«

»Natürlich. An Kunden, die sich gleich anschließend ins Jenseits befördern, nur um Weib und Kind zu versorgen, sind wir nicht interessiert.«

»Und was passiert im Fall von Selbstmord?«

»Nichts. Falls der Selbstmord innerhalb von zwei Jahren nach Abschluß der Versicherung verübt wird, erstatten wir die bisher eingezahlten Prämien. Wenn es nach mir ginge, würden wir nicht mal das tun.«

»Also, gesetzt den Fall, Walter Haven hat sich das Leben genommen –«

»Sind Sie verrückt geworden?«

»Man wird doch wohl noch spekulieren dürfen?«

Reddy grunzte. »Na schön, spekulieren Sie. Aber Sie sind meilenweit vom Boden der Tatsachen entfernt.«

»Wenn er Selbstmord begangen hätte, was würde dann geschehen?«

»Wir würden die Prämien zurückzahlen. An seine liebende Gattin.«

»Nichts, was im entferntesten an eine halbe Million heranreicht.«

»Ein paar tausend, nicht mehr.«

»Verstehe«, sagte Mike.

»Aber ich verstehe gar nichts. Was für Phantomen jagen Sie da nach, Karr? Ich dachte, Sie sind für Ihren Scharfsinn bekannt.«

»Scharfsinnig bin ich von Montag bis Freitag. Übers Wochenende leiste ich mir den Luxus der Dummheit.«

»Ha! Sie sagen es! Wenn Sie mir erklären könnten, wie jemand sich zuerst erschießt und dann die Waffe verschwinden läßt, überweise ich Ihrer Frau die Belohnung – aus meiner eigenen Tasche!«

»Ist das ein ernstzunehmendes Angebot?«

»Karr, wenn Sie wirklich etwas in der Sache unternehmen wollen, dann forschen Sie in der angegebenen Richtung nach. Das war kein Einbruch. Und ich glaube auch nicht, daß da jemandem bei einer geschäftlichen Besprechung das Temperament durch- und die Pistole losgegangen ist. Meiner Meinung nach ist es ein Komplott – und meine Firma soll dabei hochgenommen werden.«

Nachdem er aufgelegt hatte, überlegte Mike, ob Reddy nicht vielleicht recht hatte. Aber aus dem falschen Grund.

6

»Treten Sie ein, Mr. Karr.«

Eldon Kyle bat Mike in das Havensche Wohnzimmer, und die Tatsache, daß er eine Hausjacke trug, legte den Schluß nahe, daß Adriennes Vater nicht nur als Besucher, sondern als Bewohner hier weilte. Kyle schien Mikes Gedanken erraten zu haben.

»Ja, ich habe mich bei Adrienne einquartiert«, sagte er. »Offen gestanden, es wäre mir nicht recht, sie allein in diesem Haus zu wissen.«

»Da muß ich Ihnen zustimmen«, sagte Mike.

»Früher wollte ich mich meiner Tochter nie aufdrängen; das wäre Walter auch gar nicht recht gewesen. Abgesehen davon weiß ich meine Unabhängigkeit zu schätzen. Seit mehreren Jahren habe ich eine Wohnung in der Dugan Street, und ich fühle mich sehr wohl dort.«

»Kann Ihre Tochter mich empfangen?«

»Ich fürchte, sie war nicht sehr präsentabel, als Sie anriefen«, meinte Kyle. »Sie ist gerade dabei, die nötigen Verbesserungen vorzunehmen.«

»Ich möchte nicht, daß sie meinetwegen irgendwelche Umstände –«

»Sie ist eine Frau.« Kyle lächelte.

Sie nahmen Platz, und Kyle bot Mike einen Drink an. Mike lehnte ab.

»Halb sechs.« Kyle grinste. »Die Durststrecke ist seit einer halben Stunde freigegeben.«

»Ich lasse es jetzt doch lieber bleiben«, meinte Mike.

Kyle mixte sich einen Cocktail und sagte: »Adrienne hat mir zwar nicht allzu viel erzählt, Mr. Karr, aber mir scheint, ich weiß, warum Sie hier sind.«

»Ach?«

»Ich weiß, daß sie einen Anwalt für Tony Jerrick sucht.«

»Ihm selbst scheint nicht so sehr daran gelegen zu sein.«

»Er ist ein starrsinniger Junge. Aber ich kenne ihn nicht näher. Die paarmal, die ich ihn getroffen habe –« Kyle brach ab.

»Ja?« fragte Mike.

»Ich will nicht so tun, als hätte er mir gefallen. Weiß Gott nicht. Er ist ein grober Klotz. Je älter ich werde, desto weniger kann ich mich mit Grobheit abfinden.«

»Ich bin Jerrick nie begegnet, aber wie man so hört, stammt er aus einem recht rauhen Milieu – Armenviertel und so weiter.«

»Ja«, stimmte Kyle trocken zu, »ich kenne all die Entschuldigungsgründe. Der Junge aus den Slums, der es zu etwas gebracht hat. Der ungeschliffene Diamant. Offen gestanden, ich hätte erwartet, daß so ein Typ sich um etwas Politur bemühen sollte. Statt dessen kokettiert dieser Jerrick auch noch mit seinen ungehobelten Manieren.«

»Sie halten ihn für einen – einen Poseur?«

»So ähnlich. Es hat ihm Spaß gemacht, sich unge-

schlacht zu gebärden. Er hat sein ordinäres Auftreten richtiggehend genossen.«
»Sie sprechen von ihm in der Vergangenheit.«
»Ja«, gab Adriennes Vater zu. »Wunschdenken vielleicht. Sehen Sie, ich möchte, daß er der Vergangenheit angehört – um Adriennes willen. Er hat so viel Elend in ihr Leben gebracht –«
»Auf welche Weise?«
Kyle sah ihn verständnislos an. »Nun, er hat immerhin ihren Mann getötet.«
»Sind Sie sich dessen so sicher?«
Das Eis klirrte im Glas des Arztes. Er stellte es auf den Tisch, um sich seine Nervosität nicht anmerken zu lassen.
»Alle Welt scheint sich dessen so sicher zu sein, Mr. Karr. Die Polizei hat ihn festgenommen. Man wird ihn bestimmt unter Anklage stellen – das hat Adrienne mir erzählt.«
»Und sonst hat sie Ihnen nichts erzählt?«
»Sie spricht mit mir nicht gern darüber. Ich glaube, sie will mir Kummer ersparen.« Er lachte trocken auf. »Seltsam, wie unsere Rollen sich ins Gegenteil verkehren, nicht wahr? Am Ende ist es Sache der Kinder, die Eltern zu trösten.« Er schaute seine rechte Hand an. Sie zitterte nicht mehr. Entschlossen griff er wieder nach seinem Glas und nippte daran. »Aber an Jerrick liegt mir nichts, Mr. Karr. Nur an Adrienne. Sie ist das einzige auf der Welt, woran mir etwas liegt.«
»Warum macht sie Ihnen Sorgen?« fragte Mike.
»Andere Leute machen mir noch mehr Sorgen. Leute, die klatschen, die rücksichtslos drauflosplappern, die sich über Themen auslassen, von denen sie keine Ahnung haben...«

»Wie Tony Jerrick?«

»Bestimmt sind Ihnen die gleichen Gerüchte zu Ohren gekommen wie mir. Daß Adrienne und Jerrick sich heimlich, hinter Walters Rücken, getroffen haben. Daß sie ein Verhältnis miteinander hatten ...«

»Aber das stimmt doch nicht?«

»Ich kenne meine Tochter! Kein Wort davon ist wahr!« Er starrte Mike an, als sei dieser für all die Gerüchte verantwortlich. »Und die größte Gemeinheit ist ...« Er hörte mitten im Satz auf zu sprechen.

Mike war jedoch nicht gewillt, das Thema zu wechseln.

»Was ist die größte Gemeinheit, Mr. Kyle? Daß man behauptet, Adrienne und Tony hätten gegen Walter Haven ein Komplott geschmiedet?«

»Ja«, flüsterte der alte Mann. »Ich habe es sagen hören. Von Leuten, die ich jahrelang gekannt habe. Ich hätte nie gedacht, daß Menschen so grausam sein können und auch noch Vergnügen daran finden.«

»Das Klatschen wird man den Leuten nie abgewöhnen. Ich nehme an, die Versuchung ist zu groß.«

»Ich habe mich um Toleranz bemüht«, sagte Kyle ruhig. »Aber sie ist meine Tochter. Und ich kann es nicht ertragen, wenn solche Dinge verbreitet werden ... Noch dazu, wo ich weiß, daß sie nicht der Wahrheit entsprechen.«

Insgeheim dachte Mike: Da ist es wieder gefallen, das Wort.

Adrienne empfing ihn allein.

Die ›Verbesserungen‹, die Kyle erwähnt hatte, waren Maßarbeit. Mike fand, sie sah hübscher aus als je zuvor. Ihre Augen hatten noch immer etwas zuviel Glanz, aber sie blickten klar und hielten dem Blick ihres Besuchers ohne weiteres stand. Ihr Teint wirkte weniger blaß, und sie beantwortete Mikes erste Frage mit fester Stimme.

»Natürlich habe ich meine Behauptung im Ernst gemeint, Mr. Karr. Walter hat sich das Leben genommen. Ich kam an jenem Abend von der Party bei den Capices nach Haus, und in seinem Arbeitszimmer brannte Licht. Ich trat ein, und da war er – tot. Er hatte sich mit seiner eigenen Waffe in den Kopf geschossen. Er besaß seit einiger Zeit einen Revolver; ich wußte nie, ob die Waffe geladen war oder nicht. Anscheinend war sie doch geladen.«

»Auch das Vorhandensein einer Waffe läßt nicht unbedingt auf Selbstmord schließen, Mrs. Haven.«

»Ich versichere Ihnen, es gab nicht den mindesten Zweifel. Da war auch eine Botschaft, die er geschrieben hatte –«

»Ein Abschiedsbrief?«

»Ja. Walter bat mich um Verzeihung dafür, daß er diesen Ausweg gewählt hatte –«

»Diesen Ausweg – woraus?«

Adriennes Blick trübte sich.

»Ich weiß nicht.«

»Sie wissen es nicht.« Mike hörte, wie er ihre Worte wiederholte, und es klang albern. »Mrs. Haven, die ganze Angelegenheit ist sehr schwer zu verstehen, aber was Sie da sagen ...«

»Sie kennen noch nicht alles, Mr. Karr. Ich kam also ins Arbeitszimmer, und Walter war tot – der Revolver neben seiner Hand, das beschriebene Papier ... Ich habe, glaube ich, zunächst einen Schock erlitten. Aber dann schien so etwas wie ein Dämon von mir Besitz zu ergreifen. Er hinderte mich daran, einfach das Natürliche zu tun, nämlich die Polizei zu verständigen.« Die Hände auf ihrem Schoß verkrallten sich ineinander. Mike sah hin, und sie hörte auf. »Ich kehrte ins Arbeitszimmer zurück. Ich nahm das von Walter beschriebene Papier und tat es in den Kamin. Ich wartete und überzeugte mich, daß es wirklich verbrannte, und verstreute die Asche. Dann nahm ich den Revolver und trug ihn in mein Zimmer. Dort versteckte ich ihn. Das war gefährlich, nehme ich an. Man hätte ihn dort finden und mich verdächtigen können, aber ich konnte nicht richtig denken. Ich wußte nur, daß ich die Waffe loswerden mußte...«

»Und was ist aus ihr geworden?«

»Ich hatte Glück. Man durchsuchte nicht das ganze Haus. Ein paar Tage später konnte ich sie endlich beseitigen. Ich erinnere mich nicht mehr genau. Ich bin weggefahren, habe jemanden in Ryerton besucht, und auf der Heimfahrt, bei Nacht, habe ich den Revolver in eine Schlucht geworfen.«

»Wissen Sie wo?«

»Ich habe nicht die mindeste Ahnung; ich wollte es gar nicht wissen.« Sie studierte sein Gesicht, ängstlich darauf bedacht, was sie dort vorfinden würde. »Sie glauben mir doch, daß ich nicht den Verdacht auf jemand lenken wollte? Ganz bestimmt nicht auf Tony! Ich dachte, die Polizei würde einen Einbruch dahinter vermuten. Seit wir verheiratet waren, wurde schon einmal im Haus eingebrochen; und vorher zweimal...«

»Ging die Unordnung im Zimmer auf Ihr Konto?«

»Ja. Ich strengte mich an, damit es so aussah, als habe jemand etwas rauben wollen. Ich warf alles durcheinander, öffnete Schubladen, warf Walters Brieftasche in die Verbrennungsanlage.«

»Die Polizei hat das alles nicht sonderlich überzeugend

gefunden. Dort ist man an vorgetäuschte Einbrüche gewöhnt. Man nahm einfach an, Tony habe die Unordnung angerichtet, aus dem gleichen Grund wie Sie. Um den Verdacht auf einen unbekannten Einbrecher zu lenken.«

»Aber wie hätte ich wissen sollen, daß Tony an jenem Abend ins Haus kommen würde?«

»Haben Sie denn nicht damit gerechnet, daß irgend jemand unter Mordverdacht verhaftet werden würde?«

»Nein! Ich habe gedacht, so einen Mord kann man nie aufklären, denn es war ja gar kein Mord! Ich habe angenommen, man würde es schließlich dabei bewenden lassen, daß der Täter nicht zu finden ist.«

»Und Sie haben all das damals nicht bedacht?«

»Nein, natürlich nicht. Da handelte ich rein impulsiv...« Sie stockte. »Sie haben bestimmt längst erraten, warum.«

Mike nickte.

»Ich weiß von der Versicherung, Mrs. Haven.«

Er stand auf und mixte sich einen Drink, ohne um Erlaubnis zu fragen oder ihr überhaupt nur einen anzubieten. Er war zu tief in Gedanken versunken, um auf Konventionen zu achten.

»Mehr noch«, sagte er dann, »Ihre Versicherungsgesellschaft hat sich an mich gewandt.«

»An Sie?«

»Die Leute nehmen das, was Sie angerichtet haben, für bare Münze und halten es für Mord. Nur mit dem Unterschied – sie haben sich in den Gedanken verrannt, daß Sie den Mord begangen haben.«

Er hörte, wie sie die Luft einzog.

»Ich schwöre Ihnen, ich war es nicht, Mr. Karr. Falls auch Sie noch Zweifel hegen sollten –«

»Die Leute von der Versicherung reden auch von Tony Jerrick.«

»Ich rede auch von ihm!«

»Ich meine – man zieht die Möglichkeit in Betracht, daß er Ihr Komplize war.«

»Das ist eine gemeine Lüge!«

»Wenn es ihnen gelingt, das zu beweisen, sparen sie eine hübsche Summe Geld.«

»Aber es war Selbstmord!«

»Und das wollten Sie vertuschen. Denn dann hätten Sie nichts ausbezahlt bekommen.«

Adrienne wurde blaß, und sie sah gar nicht mehr so gesund aus. Sie stand auf, und Mike erinnerte sich plötzlich, was sich gehörte.

»Möchten Sie einen Drink?«

»Scotch, bitte. Ohne alles.«

Er brachte ihr das Glas.

»Sie sind also doch dahintergekommen.«

»Es war nicht schwer, Mrs. Haven, nach allem, was Sie mir bei den Capices erzählt haben. Sie erkannten, daß der Selbstmord Ihres Mannes Sie um die Chance bringen würde, eine halbe Million zu kassieren. Es kam Ihnen also darauf an, den Selbstmord aus der Welt zu schaffen.«

»Es war ein Instinkt«, bekannte sie bitter. »Ein sehr selbstsüchtiger. Ich hasse mich dafür.«

»Sie haben ziemlich schnell geschaltet, stimmt's?«

»Ja«, gab sie zu, und ihre Stimme klang bitter. »Man muß mich zu meinem Reaktionsvermögen beglückwünschen, finden Sie nicht?« Sie setzte sich und trank ihr Glas leer. »Sehen Sie, erst vor wenigen Wochen hatte Walter mir einen Vortrag über die verdammte Versicherungspolice gehalten. Wir sprachen gerade über seine Firma, über den Ankauf von Tonys Patenten, über die Kredite, die er hatte aufnehmen müssen, um Tonys Unternehmen zu erwerben. Er sprach gern mit mir über Geschäfte; er dachte wohl, es interessierte mich. Aber es interessierte mich kaum, und manchmal nahm ich ihm sogar übel, daß er mich da hineinzog.«

»Sie meinen – die Art, wie er Sie benutzte, um Tony herumzukriegen?«

»Ja. Ich mußte andauernd die perfekte Gastgeberin spielen, Tag für Tag, Tony und allen anderen gegenüber, mit denen Walter zu tun hatte. Seine politischen Freunde eingeschlossen. Manchmal habe ich mir eingebildet, daß er mich nur geheiratet hatte, weil ich so hübsch Tee eingießen kann.«

Mike lächelte. »Ich kann mir vorstellen, daß Sie sehr dekorativ gewirkt haben.«

»Und wie«, sagte Adrienne. Sie schauderte und stellte das leere Glas ab. »Jedenfalls meinte Walter, ich solle wissen, wie stark die Firma seinetwegen verschuldet war. Wenn die Sache mit Tonys Patenten schiefgegangen wäre, wären wir in ernste finanzielle Schwierigkeiten geraten. Ich habe solche Gespräche gehaßt – wenn er die Möglichkeit förmlich auskostete, wir könnten eines Tages im Armenhaus landen. Aber er sagte mir immer wieder, ich sei durch seine Lebensversicherung ›geschützt‹. Er war sehr stolz darauf. Eine halbe Million Dollar! Als er den Vertrag unterschrieb, mußte ich der Zeremonie beiwohnen. Es kam mir recht gespenstisch vor. Und der Mensch von der Milford-Versicherungsgesellschaft rieb sich immerzu erfreut die Hände und redete von Verzinsung und Prämiennachlaß und Zusatzklauseln –«

»Inklusive Selbstmordklausel?«

»Ja. Ich erinnere mich noch genau, wie er sagte, im Falle eines Selbstmordes während der ersten zwei Jahre nach Vertragsabschluß entfalle die Zahlung.«

»Lediglich die Prämien werden zurückerstattet«, warf Mike ein.

»Tatsächlich?« sagte sie stumpf. »Daran erinnere ich mich nicht mehr. Aber das mit dem Selbstmord fiel mir wieder ein – als ich Walter so vor mir sah, tot . . .« Sie preßte die Hand gegen den Mund. »Wie konnte ich mich nur so schrecklich verhalten. In jener Nacht habe ich mich in meiner ganzen Scheußlichkeit kennengelernt.«

Sanft entgegnete Mike: »Und heute abend – sind da nicht auch ein paar gute Seiten an Ihnen zum Vorschein gekommen?«

»Wieso?«

»Sie hätten einfach alles so laufen lassen können, wie es läuft, Mrs. Haven. Jetzt, nachdem man Tony Jerrick verhaftet hat, ist die Polizei überzeugter denn je, daß es sich um einen Mord handelt.«

Sie blickte ungläubig drein.

»Ja denken Sie denn, ich könnte zulassen, daß man ihn ins Gefängnis steckt? Oder noch Schlimmeres?«

»Es wäre möglich«, sagte Mike. »Für Geld sind die Menschen zu allem imstande. Und in Ihrem Fall handelt es sich sogar um sehr viel Geld.«

»Vor allem handelt es sich um ein Menschenleben, Mr. Karr«, versetzte Adrienne kühl. »Und ich kann nicht zulassen, daß –«

»Ich verstehe, Mrs. Haven, aber –« Mike zögerte.

»Aber?«

»Wenn Sie es nicht zulassen können, warum haben Sie dann der Polizei nicht gleich reinen Wein eingeschenkt?

Über den Selbstmord? Gleich nachdem man Tony Jerrick festgenommen hatte?«

Sie sank im Sessel zusammen.

»Nein«, gab sie zu, »die Anständigkeit ist mir nicht leichtgefallen. Ich wollte einen Vorteil für mich behalten. Deshalb bin ich zu Ihnen gekommen. Ich hatte gehofft, Sie würden schlau genug sein, einen Weg zu finden, wie man Tony retten kann – ohne daß ich auf das Geld verzichten muß.«

»Das hätte nie geklappt.«

»Nein«, sagte sie zerknirscht. »Das war wohl unmöglich. Aber ich habe gehofft und gebetet, daß es vielleicht doch möglich wäre.« Sie knallte das leere Glas auf den Tisch. »Verdammt noch mal! Warum mußte Tony ausgerechnet an jenem Abend meinen Mann besuchen?«

»Sagen Sie's mir. Warum?«

Verbittert stieß sie hervor: »Das will ich Ihnen gern sagen. Weil Gott den Menschen gern einen Streich spielt. An jenem Abend hatte er's auf mich abgesehen und auf Walter und auf Tony...«

»Ist das Ihre ganze Religion, Mrs. Haven? Daß Gott nichts Besseres zu tun hat, als uns Streiche zu spielen?«

»Ich habe es nicht sehr mit der Religion, Mr. Karr. Aber was davon in mir übrig ist, zwingt mich, das Richtige zu tun. Ich kann nicht anders – ich werde die Wahrheit sagen müssen.«

»Das wird Sie teuer zu stehen kommen.«

»Eine halbe Million, steuerfrei. Das hätte Sicherheit für den Rest meines Lebens bedeutet. Ich weiß nicht, inwieweit Sie über meinen Lebenslauf Bescheid wissen, Mr. Karr. Eines Tages, wenn Sie mich besser kennen, werde ich Ihnen ein paar Geschichten erzählen. Zum Beispiel – können Sie sich vorstellen, daß ein Mädchen mitten in New York verhungert?«

»Verhungert?«

»Buchstäblich«, sagte Adrienne. Ihre Augen waren starr. Sie schaute ins Leere.

»Fühlen Sie sich nicht wohl?«

»Mir – ich – nein, nicht sehr wohl.«

»Kann ich etwas für Sie tun?«

»Nein, ich weiß schon, was ich brauche ...«

»Ihre Pillen?«

»Ja.« Sie lächelte. »Meine Pillen.«

»Wo sind sie?«

»Bemühen Sie sich nicht. Ich werde sie später einnehmen.«

»Und das macht nichts?«

»Bestimmt nicht.« Sie faltete die Hände auf dem Schoß und schaute ihm direkt ins Gesicht. »Jetzt müssen Sie mir sagen, was ich tun soll, Mr. Karr. Es dreht sich nicht mehr um Tony. Es dreht sich um mich. Ich möchte Sie als Rechtsanwalt gewinnen. In gewissem Sinne habe ich mich vermutlich eines Verbrechens schuldig gemacht. Ich werde einen Anwalt brauchen, glauben Sie nicht?«

»Man könnte in der Tat ein Verbrechen feststellen, Mrs. Haven«, sagte Mike vorsichtig. »Und zwar Betrug. Aber offen gestanden, ich glaube, die Leute von der Milford-Lebensversicherungsgesellschaft werden so erleichtert sein, daß sie mit sich reden lassen und nicht auch noch auf einer Strafverfolgung bestehen werden. Ich kann Ihnen nichts versprechen, aber ich glaube, das läßt sich arrangieren.«

»Sie wollen mir also helfen?«

»Selbstverständlich«, versicherte Mike. »Aber ebensowenig kann ich Ihnen versprechen, daß die Folgen für Sie leicht zu ertragen sein werden. Die Klatschtanten werden sich das Maul zerreißen über das, was Sie getan haben, und –«

»Das ist mir egal«, sagte Adrienne Haven. »Mir ist längst egal, was die Leute reden.«

»Dann werden wir also den Weg einschlagen, der immer am besten ist«, sagte Mike. »Den geraden Weg.«

Adrienne blickte bekümmert drein.

»Sagen Sie mir, daß alles wieder gut werden wird. Das ist die erste Pflicht eines Anwalts, oder nicht? Und bitte – nennen Sie mich Adrienne.«

»Gern.« Mike lächelte. »Also, Adrienne – alles wird wieder gut werden.«

Die erste Andeutung, daß keineswegs alles wieder gut werden würde, kam von Polizeichef Marceau.

Sie saßen in Bills Büro, auf Mikes Bitte wurden keine Anrufe weitergeleitet, die dringliche Polizeiarbeit des ganzen Tages war aufgeschoben, während Mike seinem Freund die erstaunliche Wahrheit über den Fall Haven erzählte. Bill rutschte während der Erzählung nur zweimal unruhig auf dem Stuhl hin und her und sagte nichts bis zum Schluß. Aber dann sagte er etwas Überraschendes.

»Das haut nicht hin, Mike.«

»Es haut nicht hin? Bill, hast du nicht zugehört? Es geht nicht mehr darum, wer Walter Haven ermordet hat. Es gibt keinen Mörder!«

»Behauptet Adrienne Haven.«

»Ja.«

»Und du glaubst ihr?«

Die Frage schien fast gegenstandslos zu sein. »Natürlich glaube ich ihr«, sagte Mike mit Nachdruck. »Ich bin sicher das ist die Wahrheit. Bill, diese Geschichte kostet sie eine halbe Million Dollar – und schlimmstenfalls auch noch eine Anklage wegen versuchten Versicherungsbetruges. Das wäre eine verdammt teure Lüge!«

»Es wäre nicht das erstemal, daß jemand eine teure Lüge auftischt.«

»Es ist die Wahrheit.«

Bill seufzte. »Mike, du hast das nicht bis zu Ende durchdacht. Das sieht dir nicht ähnlich.«

Mike stieß ein Knurren aus. »Solche Feststellungen mag ich besonders. Beleidigung und Kompliment zugleich.«

»Begreifst du denn nicht, was sie erreichen will? Sie will Tony Jerricks Kopf retten!«

»Na klar will sie das! Weil sie weiß, daß Jerrick unschuldig ist.«

»Du glaubst, das ist der Grund? Probier mal eine andere Theorie aus. Spaßeshalber.«

»Du glaubst noch immer, daß sie etwas miteinander haben?«

»Menschenskind, mir scheint, du bist der einzige hier in der Stadt, der das nicht glaubt. Gott erhalte dir deine Unschuld, Mike, aber nur, solange sie nicht dem gesunden Menschenverstand im Weg steht.«

»Bill, ich merke es genau, wenn jemand lügt.«

»Ha, ha«, machte der Polizeichef. »Der unfehlbare Mr. Karr.«

»Na schön.« Mike runzelte die Stirn. »Ich bin auch schon reingefallen, vor gar nicht langer Zeit, aber diese Geschichte glaube ich.«

»Warum? Hast du Beweise? Kann Mrs. Haven beweisen, was sie sagt? Mit mehr als ihrem Ehrenwort?«

»Nein, aber –«

»Wo ist der Revolver, Mike? Ein Selbstmörder hat meistens eine Waffe –«

»Ich habe dir doch gesagt, sie hat das Ding weggeworfen.«

»Ach ja. In eine Schlucht. Aber sie kann uns nicht sagen, wo. Sehr praktisch. Und selbst wenn wir die Waffe finden, was dann? Auch Mörder pflegen ihre Waffen wegzuwerfen, oder? Ob wir den Revolver nun finden oder nicht, es steht eins zu null für sie, stimmt's? Und dieser Abschiedsbrief –«

»Sie hat ihn verbrannt. Sie mußte ihn verbrennen.«

»Klar. Und die Asche ist längst aus dem Kamin entfernt worden und in die Mülltonne gewandert, versteht sich. Keine Aussicht, auch nur ein klitzekleines Fetzchen zurückzuergattern. Und jetzt«, sagte Bill grimmig und beugte sich vor, »werde ich dir noch einen Punkt nennen. Wenn jemand sich umbringt, dann hat er normalerweise einen Grund. Krankheit. Unglückliches Liebesleben. Geschäftliche Rückschläge. Seelische Bedrängnis. Irgend etwas. Und wo findest du auch nur eine Spur davon im Fall Walter Haven, Mike?«

»Das kann ich dir nicht sagen.«

»Kann Mrs. Haven es uns sagen?«

»Ich glaube nicht, daß sie es weiß.« Mike spürte, wie seine Zuversicht schwand. »Bill, es kann doch ein Zusammentreffen verschiedener Gründe gewesen sein, oder? Diese Ehe war auch nicht gerade die glücklichste –«

»Komm, komm, Mike, es gibt schlimmere Ehen als die hier. Und die Männer haben sich trotzdem nicht das Leben genommen. Die Havens lebten nicht mal getrennt – von Scheidung war nie die Rede. Klar hatte er seine Flausen im Kopf, immerzu Politik und was weiß ich – und das alles hat ihr vielleicht nicht gepaßt. Aber weshalb sollte in so einer Ehe ein Grund zum Selbstmord vorliegen?«

»Nun, du bist doch über seine geschäftlichen Sorgen im Bilde –«

»Zugegeben, er war ein schlechter Geschäftsmann. Ein miserabler Geschäftsmann – aber dann hat er ein paar Leute um sich versammelt, und die haben ihm ein paar wirklich gute Ratschläge erteilt: Kauf diesem Jerrick seinen Laden ab, sichere dir die Patente, leih dir Geld, wenn es sein muß – und genau das hat er getan. Mit Erfolg.«

»Wir wissen nicht, ob der Erfolg ihm treu geblieben wäre –«

»Aber es bestand Hoffnung. Er muß sehr gespannt gewesen sein, ob die Hoffnung sich bewahrheiten würde. Begeht jemand in so einer Situation Selbstmord?«

Mike wurde allmählich immer kleiner. Er hatte sich direkt darauf gefreut, Bill seine Entdeckungen mitzuteilen; jetzt war er niedergedrückt. »Am Motiv hängt alles«, gab er düster zu. »Das bezweifle ich gar nicht –«

»Es gibt kein Motiv«, erklärte Bill rundheraus. »Denkst du vielleicht, wir hätten Havens Lebenslauf nicht nach allen Regeln der Kunst unter die Lupe genommen? Der Mann hatte Grund genug zum Weiterleben. Er hatte Hoffnungen auf die Zukunft. Er war ehrgeizig. Zwei Tage vor seinem Tod hat er sich im Monticello Club öffentlich mit seinen politischen Ambitionen gebrüstet – Bekannte hatten sich darüber lustig gemacht, daß er Gouverneur werden wollte; noch ein Haven an der Spitze des Staates. Aber er hat sich nicht erschüttern lassen. Für ihn lag das durchaus im Bereich des Möglichen.«

»Bill, ich weiß nicht, was ich sagen soll. Ich glaube, die Frau sagt die Wahrheit.«

»Sie erzählt dir, was sie selbst gern glauben möchte. Weil der Mann, den sie liebt, wegen Mordes an ihrem Gatten verurteilt werden wird. Gib dich da keiner Täuschung hin, Mike, ich kann mich auf meinen Instinkt verlassen. Man wird Jerrick verurteilen, und – wer weiß – vielleicht zieht er seine Freundin mit hinein.«

»Das kaufe ich dir nicht ab, Bill.«

»Sie hat dich um den Finger gewickelt, Mike! Siehst du das denn nicht? Sie hat dich genau richtig eingeschätzt! Sie hat damit gerechnet, daß du auf die Geschichte mit der ›Selbstaufopferung‹ hereinfallen würdest, denn das ist genau die Art von edler Regung, auf die du reinfällst –«

»Wenn sich wenigstens ein Motiv finden ließe –«

»Ausgeschlossen. Es gibt keines. Nicht für Selbstmord. Im Fall von Mord liegen die Dinge wesentlich anders. Da gibt es Motive mehr als genug, mein Lieber.«

Mike stand auf.

»Gott stehe uns bei, wenn du dich irrst, Bill. Siehst du denn nicht, was auf dem Spiel steht? Es könnte sein, daß du einen Unschuldigen in den Tod schickst.«

Bill bekam einen roten Kopf. »Halte mir bitte keine Predigt, Mike. Freund oder nicht, das lasse ich mir nicht bieten. Ich bin Polizist. Ich habe einen Mord aufzuklären. Was mit dem Täter geschieht, ist Sache des Gerichts.«

»Entschuldige«, sagte Mike. »Ich finde nur, wir sollten ganz genau wissen, was wir tun. Wir beide.«

»Ich weiß es. Ich habe Beweise. Und was hast du, Mike?«

Das war eine berechtigte Frage.

7

Tony Jerrick sah Mike sofort, als er das Besucherzimmer betrat. Seine dunklen Augen unter den buschigen Brauen hefteten sich an Mikes Gesicht fest während des kurzen Weges von der Tür zur Sitzbank. Seine Blicke waren wie Pfeile und verrieten eine kämpferische Aufsässigkeit, die einen im voraus entmutigen konnte. Aber Mike war entschlossen, die Grobheit des Mannes zu ignorieren, auch wenn Jerrick sie sogleich in Worte faßte.

»Ich habe nicht nach Ihnen geschickt, Rechtsverdreher.«

»Ich bin von selbst gekommen«, sagte Mike mit dem Anflug eines Lächelns.

»Den Teufel haben Sie. Adrienne hat Sie bearbeitet. Ich habe ihr gesagt, ich will niemanden sehen, weder Sie noch sonst wen.«

»Haben Sie was gegen Anwälte, Tony?«

»Na, und wie, ich liebe sie heiß und innig. Fast so sehr wie Leichenbestatter.«

»Das klingt ganz so, als hätten Sie schlechte Erfahrungen gemacht.«

Jerrick schnaubte. »Wie würden Sie das hier sonst nennen?«

»Ich nenne das blanke Dummheit«, sagte Mike. »Was wissen denn Sie? Wenn Sie einen guten Rechtsanwalt hätten, könnten Sie vielleicht längst schon wieder draußen herumspazieren, statt hier im Gefängnis zu sitzen.«

»Mir gefällt's hier«, sagte der Häftling. Er wandte den Blick von Mike ab und sah sich im Besucherzimmer um. So kam Mike dazu, das Gesicht des Mannes zu betrachten. Tony Jerrick sah zweifellos gut aus; er war ein südländischer Typ, den jedoch einige Falten auf der Stirn und um die Mundwinkel davor bewahrten, als ›schöner Mann‹ klassifiziert zu werden. Er hatte schwarzes, allzu lockiges Haar, und die Bewegungen seiner Schultern und Arme wirkten etwas zu graziös. Mike konnte sich gut vorstellen, daß Jerrick seit seinen Kindertagen unter dieser natürlichen Anmut zu leiden gehabt hatte. Sein Körper mußte weh tun vom Widerstand dagegen, und all die ungeweinten Tränen mußten ihm in den Augen brennen. Es ist ein hartes Stück Arbeit, den harten Mann zu spielen, dachte Mike.

»Tony«, sagte er, »wollen Sie mir nicht erzählen, was an jenem Abend passiert ist?«

»Das habe ich schon erzählt.«

»Der Polizei, ja.«

»Und meinem sogenannten Anwalt, Herr Rechtsverdreher«, sagte Tony giftig. »Ich habe nämlich einen, kapiert? Das Gericht hat darauf bestanden und einen gewissen Mr. Harvey dazu ernannt. Sie kennen ihn? Netter alter Knabe. Bißchen taub vielleicht, und er gefällt sich in seiner Rolle.«

»Ich kenne ihn«, gab Mike gereizt zu. »Und Ihre Beschreibung stimmt nicht. Harvey ist ein erstklassiger Anwalt, einen besseren finden Sie nicht. Und wenn er sein Hörgerät einschaltet, hört er besser als Sie. Und an Ihrer Stelle, mein Lieber, würde ich es mir zweimal überlegen bevor ich jemand anders vorwerfe, daß er sich in seiner Rolle gefällt.«

Zuerst sah es so aus, als wolle Jerrick eine patzige Antwort geben, aber dann besann er sich anders und grinste. Ein widersprüchlicher Mensch, dachte Mike.

»Na schön, Herr Rechtsverdreher. Adrienne meint, Sie

seien in Ordnung, also sollte ich Ihnen vielleicht nicht das Leben schwermachen.«

»Wie nett von Ihnen«, knurrte Mike.

»Sie wollen hören, was an jenem Abend passiert ist? Ich werde es Ihnen sagen.« Er zog eine Zigarette hervor, suchte jedoch gar nicht erst nach einem Zündholz; die waren offenbar tabu. Ein Aufseher kam herüber und gab ihm Feuer. Tony wandte sich mit breitem Grinsen an Mike. »Sehen Sie, wie prompt man hier bedient wird? Warum sollte ich weg wollen?«

»An jenem Abend«, beharrte Mike.

»Ja«, sagte Jerrick. »Tja, ich hatte eben Pech. Typisches Jerrick-Pech. Sie wissen, daß Haven meine kleine Firma aufgekauft hat, der dreckige –« Er fügte ein paar unfreundliche Kraftausdrücke hinzu, aber Mike ließ sich nicht beeindrucken. »Der hat mich ganz schön drangekriegt, der Kerl. So wie er's einmal auf mich abgesehen hatte, gab's kein Halten mehr. Hat mir was vorgeflunkert, so als würde ich das große Los ziehen. Er benutzte sogar seine Frau, der widerliche –« Jerrick brach ab. »Ich meine, er hat Adrienne sozusagen dazu gezwungen, sich mit mir anzufreunden. Verstehen Sie mich recht. Sie hat niemals etwas getan, was ich meiner Mutter nicht weitererzählen könnte – und Sie sollten meine Mutter kennen, Mann, die thront zur rechten Seite Gottes. Aber er hat sie vorgeschoben, Sie verstehen, um bei mir gutes Wetter für sich zu machen. Und mir scheint, es hat geklappt.«

»Sie mögen Adrienne, stimmt's?«

»Machen Sie Witze?« Jerrick lachte schrill auf. »Ich bin verrückt nach ihr. Alle Welt weiß das. Ihr zuliebe würde ich Walter Haven nicht nur einmal umbringen, sondern Tag für Tag.«

Mike knurrte. »Sagen Sie das nicht zu laut, Tony. Nicht mal zu mir.«

»Warum nicht? Es ist die Wahrheit. Ich bin verrückt nach Adrienne, auch wenn ich für sie der letzte Dreck bin. Und das bin ich, weiß Gott, aber was soll's? Ich kenne ein Dutzend Weiber, die verrückt nach mir sind, und für mich sind die der letzte Dreck. Gleiches Recht für beinah alle, was, Herr Jurist?«

»Wie Sie meinen, Tony.«

»Jawohl. Und wenn Adrienne von mir verlangt hätte, ich soll ihren blöden Ehemann umbringen, dann hätte ich's gemacht. Aber ein bißchen geschickter, kapiert? Nicht auf eine so blöde Weise, Kugel in den Kopf und Fingerabdrücke an allen Ecken und Enden – wofür halten die mich denn? Dafür bin ich zu gut ausgebildet – Gefängnisausbildung, was einem die bösen Buben so beibringen. Das tut mir richtig weh, Mister – daß sie mich als Idioten hinstellen.«

»Sie haben mir noch immer nicht gesagt, warum Sie hingegangen sind.«

»Ich wollte mit ihm reden! Das ist alles! Warum denn nicht? Haven und ich, wir haben uns die Seele aus dem Leib gequasselt, bevor wir den Vertrag unterschrieben haben. Warum also nicht auch noch nachher?«

»Das weiß ich nicht.«

»Ich werde es Ihnen verraten«, sagte Jerrick, und seine Lippen spannten sich. »Weil er nicht wollte. Er hatte alles aus mir herausgepreßt, mehr als ich vermutet hatte, und jetzt sollte ich ihn in Ruhe lassen. Auf einmal war ich kein Busenfreund mehr. Nur noch ein Störenfried...«

»Worüber wollten Sie mit ihm sprechen? Über die Konkurrenzverbotsklausel im Vertrag?«

»Sehen Sie, das wollte mir einfach nicht in den Schädel. Ich habe gedacht, ich darf einfach keine Konkurrenzfirma aufziehen, und die Sache hat sich. Und dann sagen mir seine Anwälte, ich darf an derartigen Projekten nicht mal mehr arbeiten – ich soll Schiffe bauen oder Raketen konstruieren! Teufel noch mal, was verstehe ich denn von sowas?« Er schlug sich auf die Brust. »Ich bin ein Automensch! Da kenne ich mich aus. Mit Autos!«

»Das war nicht das erstemal, daß Sie sich darüber beklagt haben, stimmt's? Ich meine, an jenem Abend, als Haven starb.«

»Ach so! Ich habe ›Betrug‹ geschrien, seit ich die Wahrheit herausgekriegt hatte. Aber an jenem Tag hatte ich eine Idee, kapiert? Sie kam mir vernünftig vor. Gut, bitte, ich durfte meinen eigenen Patenten keine Konkurrenz machen, aber vielleicht konnte ich trotzdem weiter daran arbeiten –«

»Wie meinen Sie das?« unterbrach Mike.

»Ich wollte für die Firma tätig sein. Das ist alles. Ich wollte mich bei Haven und seinen Leuten um eine Anstellung bewerben. Das ist doch eine vernünftige Idee, oder?«

»Klingt wie ein reelles Angebot.«

»Ich rufe also Haven an und frage, ob ich schnell mal 'rüberkommen kann, und er fragt, wozu? Ich sage, ich habe was mit ihm zu besprechen, und er denkt, jetzt geht das alte Gezeter wieder los, aber ich sage, nein, es ist was anderes und vielleicht paßt es ihm sogar in den Kram – aber er lehnt ab, nein, er ist beschäftigt, er muß eine Rede aufsetzen –«

»Er hat sich geweigert, Sie zu empfangen?«

»Ja. Aber ich habe mir gesagt, hol's der Teufel, er muß ganz einfach. Also bin ich hingefahren.«

»Wie spät war es da?«
»Keine Ahnung. Vielleicht acht Uhr dreißig oder neun. Ich bin bis zum Haus gefahren und habe geklingelt. Ich habe gewußt, daß er da ist; im Arbeitszimmer brannte Licht. Aber ich stehe da und klingle, und niemand macht mir auf.«
»Die Hausangestellten waren weg«, sagte Mike.
»Aber er war zu Hause! Er kommt bloß nicht an die Tür, dachte ich.«
»Also sind Sie ins Arbeitszimmer eingedrungen.«
»Richtig. Da war eine Glastür, und die war nicht mal verriegelt. Ich brauchte sie nur aufzustoßen, es ging ganz leicht.«
Er hörte auf zu sprechen und starrte das brennende Ende seiner Zigarette an, als habe er etwas Entsetzliches hinter den Rauchfäden entdeckt. Er drückte die Zigarette aus und fuhr fort.
»Dann habe ich ihn gesehen, hinterm Schreibtisch. Er lag quer über der Tischplatte, so ...« Tony demonstrierte es, und der Aufseher trat einen Schritt vor. »Keine Bange«, beruhigte ihn Tony und richtete sich wieder auf. »Ich zeige meinem Freund nur was.«
Der Aufseher zog sich wieder zurück.
»Er war tot, daran gab es nichts zu rütteln. Neben ihm lag der Revolver. Ich weiß nicht, was für ein Modell. Sein Kopf war – zerschmettert, wie ein zerschlagenes Ei, und die Schreibunterlage war voll Blut ...« Er sah blaß aus; Mike kam der Gedanke, daß sich hinter Tonys Härte Empfindlichkeit verbergen mußte. »Und Papiere lagen herum – aber ein Stück Papier lag direkt unter seiner Hand, als hätte er gerade darauf geschrieben –«
»Haben Sie erkennen können, was darauf stand?«

»Nein. So nahe bin ich der Leiche nicht gekommen –«
»Erinnern Sie sich, ob im Kamin Feuer brannte?«
»Doch, ja. Ich erinnere mich, weil die Holzscheite knisterten und knackten. Das war das einzige Geräusch im Raum – wie das Feuer das Holz verzehrt hat.«

Mike fragte: »Und was haben Sie gemacht, Tony?«
»Gemacht? Was hätte ich denn machen sollen? Ich habe gemacht, daß ich wegkomme. Ich habe kehrtgemacht und bin abgehauen.«
»Warum?«
»Sind Sie verrückt? Der Mann war tot! Erschossen!«
»Aber Sie hatten nichts damit zu tun. Warum haben Sie nicht die Polizei verständigt?«
»Menschenskind!« Tony schüttelte so heftig den Kopf, daß die Locken auf seiner Stirn hin und her flogen. »Sie sind genauso eine Flasche wie der alte Harvey. Genau seine Worte! ›Tony, Junge, warum hast du denn nicht den lieben Onkel von der Polizei gerufen?‹ Als wenn da weiter nichts dabei wäre. Als wenn ich einen Orden dafür kriegen würde, daß ich die Bullen hole!«
»Einen Orden vielleicht nicht. Aber jedenfalls auch keine Gefängnisstrafe –«
»Sie!« sagte Jerrick und streckte Mike seinen Zeigefinger entgegen, so daß der Aufseher abermals zusammenzuckte. »Sie«, wiederholte er, »wissen Sie, mit wie vielen Bullen ich in meinem Leben schon zu tun hatte? Mit Hunderten! Mir reicht's, und eines habe ich dabei gelernt: Je weniger man mit der Polizei in Kontakt kommt, desto besser. Mein einziger Gedanke war: Halte dich raus!«
»Und statt dessen sind Sie erst recht hineingeschlittert.«
»Ich weiß«, grollte Jerrick. »Das war nicht sehr genial von mir, einfach so abzuhauen. Meine Fingerabdrücke an

allen Türen – die Reifenspuren von meinem Wagen vor dem Haus – staubige Fußspuren auf dem Teppich. Mann, ich habe ihnen ihren Fall auf dem Tablett präsentiert, was? Nur – damals habe ich an solche Sachen nicht gedacht; ich habe mich ganz einfach verdrückt!«

»Richtung Detroit?«

»Nach Detroit bin ich zwei Tage später gefahren, weil ich dort eine Verabredung hatte. Mit einem hohen Tier in der Konstruktionsabteilung einer großen Firma. Ich wollte arbeiten, verstehen Sie? Das war keine Flucht ...«

»Aber an jenem Abend sind Sie geflohen«, sagte Mike. »Und das war ein Fehler, Tony. Vielleicht der größte in Ihrem Leben.«

»Nein«, verbesserte Tony. »Der zweitgrößte. Der größte Fehler war das Geschäft mit Haven.«

»Sie stimmen also Adrienne zu – daß es Selbstmord war?«

»Ich habe den Abschiedsbrief nicht gesehen. Das kann ich nicht beschwören, Aber wenn Adrienne sagt, es war einer da, dann können Sie's glauben.«

Mike klopfte mit den Fingern auf die Tischplatte, und dann stellte er die Frage, die er in nächster Zukunft bis zum Überdruß immer wieder stellen mußte.

»Tony, können Sie sich irgendeinen Grund vorstellen, warum Walter Haven unglücklich gewesen sein könnte?«

Tony Jerrick verzog den Mund.

»Mir scheint, Sie spinnen. Der Kerl hatte meine Patente. Angeblich sollte er nächstes Jahr Gouverneur werden. Und er hatte Adrienne. Menschenskind, nennen Sie das unglücklich?«

»Nein«, sagte Mike unglücklich.

Phil Capice sank in Mikes Büro aufs Sofa und streifte die Schuhe ab. Er stellte sie nebeneinander auf den Kaffeetisch und wandte sich mit einer Grimasse an Mike.
»Kannst du's sehen?«
»Was?«
»Wie es qualmt. Die Dinger müssen förmlich dampfen, nach all den Entfernungen, die ich zurückgelegt habe.«
»Das hast du davon, wenn du dich vordrängst.«
»Ich dränge mich vor?« protestierte Phil. »Hör mal, mein Lieber, ich war bei der Marine. Da habe ich meine Lektion gelernt. Wenn du und Louise mir nicht so zugesetzt hättet, dann täten mir jetzt die Füße nicht weh.«
Mike sagte: »Ich weiß es zu schätzen, Phil. Was du tust.«
»Danke«, brummte Phil und verzog abermals das Gesicht. »Aber was zum Teufel tue ich eigentlich? Das Resultat ist jedenfalls immer gleich Null. Ich habe in dieser Woche mit mindestens fünfzig Personen gesprochen, und keiner von ihnen konnte mir sagen, ob Walter Haven vielleicht einen Grund hatte, unglücklich zu sein.«
»Aber irgend etwas muß es gegeben haben«, sinnierte Mike. »Irgend etwas, was ihn zur Verzweiflung getrieben hat.«
»Und zum Selbstmord?«
»Genau.«
»Und wenn es doch nichts gegeben hat? Wenn sein Leben buchstäblich ein Honiglecken war?«
Mike grinste. »Diesen Ausdruck habe ich auch schon lange nicht mehr gehört.«
»Ich bitte um Verzeihung, ich sollte vielleicht mehr mit der Zeit gehen. Wenn also Walter Havens Leben eine Wucht war, eine Schau, kurzum spitze – warum sollte er sich dann eine Kugel durch den Kopf jagen?«

»Ich weiß es nicht, Phil.«

»Doch, Mike, du weißt es. Ohne Motiv kein Selbstmord. Und das bedeutet, daß Adrienne Haven dir nicht die Wahrheit sagt.«

»Davon muß man mich erst noch überzeugen. Ein Motiv ist manchmal nur mit größter Mühe zu entdecken. Die Leute sind zu kompliziert. Sie teilen ihre geheime Verzweiflung nur selten anderen mit. Ich baue darauf, daß es in Walter Havens Leben einen verschütteten Grund zum Unglücklichsein gegeben hat und daß wir ihn ausgraben können, bevor –«

»Bevor Jerrick seinen Kopf in die Schlinge stecken muß.«

»Ja«, sagte Mike. Er schwenkte seinen Sessel herum und schaute aus dem Fenster. »Es ist schlimm genug, wenn man für ein Verbrechen den Falschen verantwortlich macht. Aber wenn es sich auch noch um das falsche Verbrechen handelt ...«

Jean klingelte ihn an.

»Mrs. Haven ist am Apparat.«

Mike hob den Telefonhörer ab und starrte dabei Phil an.

»Adrienne?«

»Hallo, Mike. Ich nehme an, Sie haben mir nichts Neues mitzuteilen.«

»Leider nicht. Sonst hätte ich Sie selbstverständlich angerufen. Ich habe heute vormittag mit Doktor Graham gesprochen, und er war nicht sehr begeistert von der Idee, mich in Walters Krankengeschichte einzuweihen. Alles in allem jedoch war Ihr Mann, von ein paar Kleinigkeiten abgesehen, kerngesund. Krankheit als Motiv können wir also von der Liste streichen.«

»Das hätte ich Ihnen gleich sagen können.«
»Ich wollte es lieber von einem Arzt hören.« Am anderen Ende der Leitung rührte sich nichts. »Adrienne?«
»Ich habe nur nachgedacht – es kommt einem so hoffnungslos vor, nicht wahr?«
»Nichts ist hoffnungslos.«
»Der arme Tony. Die gerichtlichen Voruntersuchungen werden diese Woche abgeschlossen.« Voll Bitterkeit fügte sie hinzu: »Die ganze riesige Gesetzesmaschinerie wird sich in Bewegung setzen, und dagegen hat er nicht die geringste Chance –«
»Es wird uns schon etwas einfallen. Haben Sie getan, worum ich Sie gebeten hatte? Haben Sie sich mit den Papieren Ihres Mannes befaßt?«
»Ich habe alles zusammengetragen, was ich finden konnte. Aber es ist nichts darunter, was mir wichtig erscheint, Mike, nur viel Geschäftskorrespondenz und Politisches – nichts, was in irgendeiner Form ... Ach, ich weiß nicht. Vielleicht sollten Sie es sich selbst ansehen; vielleicht fällt Ihnen irgend etwas auf, was mir entgeht.«

Mike sagte: »Das sollte ich vielleicht wirklich. Was halten Sie davon, wenn ich Sie in einer Stunde besuchen komme und Phil mitbringe?«

»Mir ist alles recht.« Ihre Stimme klang erschöpft.

»Adrienne – seien Sie nicht so deprimiert. Noch ist nichts verloren.«

Nachdem Mike aufgelegt hatte, sagte Phil: »Ich dachte, du hast Walter Havens Korrespondenz schon durchgekämmt?«

»Adrienne hat in seinem Arbeitszimmer weiteres Material gefunden. Nichts, was in irgendeine Richtung hinzudeuten scheint. Aber wir können es uns nicht leisten, auch nur einen einzigen Zettel unbeachtet zu lassen. Kommst du mit?«

Phil seufzte, nahm seine Schuhe und spähte hinein. »Von mir aus. Ich glaube, der Qualm hat sich verzogen.«

In Walter Havens Arbeitszimmer war nichts von der Unordnung zurückgeblieben, kein Anzeichen des gewaltsamen Todes, der den Bewohner innerhalb dieser holzgetäfelten Wände ereilt hatte. Der Raum war geradezu desinfiziert worden, der Schreibtisch glänzte frisch poliert, der Kamin war blitzsauber. Es verstand sich von selbst, daß Adrienne Haven sich nicht oft in dieser Umgebung aufhielt, aber jetzt war sie da, umgeben von Erinnerungsstükken aus der Vergangenheit ihres Mannes.

»Ich habe diese Korrespondenzmappe auf dem Boden eines Wandschranks gefunden«, sagte sie zu Mike und Phil. »Es handelt sich größtenteils um altes Zeug aus der Zeit, bevor wir uns kannten, und betrifft irgendeine politische Kampagne.«

Phil blätterte die Papiere durch. »Alles fünf Jahre alt«, sagte er. »Ich kann mir nicht vorstellen, daß das von Belang ist.«

»Natürlich dürfen wir den politischen Aspekt in Walters Leben nicht übersehen«, sagte Mike. »Das war bestimmt seine stärkste Antriebskraft. Würden Sie mir darin zustimmen, Adrienne?«

Die Frau nickte.

»Ja«, flüsterte sie. »Es war alles, was Walter wirklich interessierte. Die Zukunft – und was sie ihm in politischer Hinsicht bescheren würde. Manchmal habe ich mir sogar eingebildet –«

»Was?« lockte Mike.

»Daß er mich aus purer Berechnung geheiratet hat. Aus jener Berechnung, mit der man sich seine politischen Weggefährten auswählt.«

»Wie haben Sie Haven kennengelernt?« erkundigte sich Phil obenhin.

»Auf einer Party«, erwiderte Adrienne, »im Monticello Club. Genauer gesagt, mein Vater hat mich mit Walter bekannt gemacht. Einwandfreier konnte es gar nicht zugehen, finden Sie nicht auch?«

»Ja«, sagte Mike nachdenklich. Er begann in einer Schachtel zu kramen, die Adrienne vom Schreibtisch genommen hatte. »Ist hier etwas Interessantes drin?«

»Das weiß ich wirklich nicht. Alles gesellschaftlicher Kram. Ein paar Privatbriefe und Postkarten. Walter hob Briefe gern auf; vielleicht hat er sie als Beweise für seine Popularität aufbewahrt.«

»Wie Stimmzettel«, kommentierte Phil.

»Und wie steht es mit Einladungskarten?«

»Die hat er nicht aufgehoben. Er hat ja auch kaum je eine Einladung angenommen, es sei denn zu politischen Zusammenkünften.« Sie errötete. »Ich sollte, glaube ich, nicht so von ihm sprechen. Es ist so, als würde man einem Toten etwas Übles nachsagen.«

Mike widersprach grimmig: »Aber genau das müssen wir finden, Adrienne. Etwas Übles im Zusammenhang mit diesem Toten.«

»Ja«, flüsterte Adrienne. »Gewiß. Sonst ist Tony auch tot.«

Phil drehte eine quadratische weiße Karte in der Hand herum.

»Nun, hier ist immerhin eine Einladung, die er nicht weggeworfen hat. Wer sind ›Joachims Freunde‹?«

Adriennes Antwort bestand aus einem schwachen Achselzucken.

Phil betrachtete die Karte und meinte: »Mir scheint, er hatte einen Grund, die Einladung aufzubewahren. Sie ist für den vierundzwanzigsten dieses Monats – morgen abend. Anscheinend hat er sie bekommen, bevor er –« Er preßte die Lippen zusammen und sprach nicht weiter.

»Zeig mal her«, sagte Mike.

»Es handelt sich um irgendeinen Klavierabend.« Phil reichte ihm die Karte, und zum erstenmal regte sich in Adrienne so etwas wie Interesse.

»Höre ich recht? Klavierabend?«

Mike las die Karte. Der gefällig gedruckte Text lautete:

Sie sind herzlich eingeladen zur Teilnahme an einem Klavierabend mit Werken von Bach, Beethoven und Chopin.
24. Juli, 20.30 Uhr
Bitte bringen Sie diese Karte mit.
Abendanzug. Spenden.
St. Andrews Avenue 909
JOACHIMS FREUNDE

»Komisch«, knurrte Mike. »Ich hatte nie den Eindruck daß Ihr Mann musikalisch war, Adrienne. Musikalische Interessen treten nirgends zutage. Ich habe hier auch noch nie einen Plattenspieler oder ein Radio –«

»Walter hat Musik verabscheut«, erklärte Adrienne.

»Und Sie?« fragte Phil.

»Ach, ich mag Musik ganz gern. Streicherklänge oder leichten Jazz, solange man die Melodie noch erkennen kann.« Sie nahm Mike die Karte aus der Hand und lächel te.»Aber Bach, Beethoven und Chopin gehören bestimmt nicht zu meinen Lieblingen.«

»Die Einladung ist ja auch nicht an Sie ergangen, sondern an Ihren Mann«, erklärte Mike. »›Joachims Freunde‹ – komischer Name.«

»Die Einladung ist bestimmt ein reiner Zufall«, sagte Adrienne. »Ich kann mir den armen Walter um keinen Preis bei einem Klavierabend vorstellen. Ich glaube, da hätte er sich lieber foltern lassen.«

»Aber er hat die Karte aufgehoben«, bedeutete Mike. »Zufall oder nicht, er hat sie aufgehoben. Vielleicht hatte er sogar vor, hinzugehen.«

»Ausgeschlossen.«

»Das könnte vielleicht etwas bedeuten ...«

Phil bemerkte Mikes ernste Miene und lachte. »Sieh da, unser Rechtsgelehrter ist beunruhigt, Mrs. Haven. Glauben Sie, er hat eine Fährte erschnuppert?«

»Mike«, sagte Adrienne sanft, »ich glaube wirklich nicht, daß es wichtig ist. Walter hatte für Musik nicht das mindeste übrig.«

»Aber deshalb ist es ja eben wichtig! Sehen Sie das nicht ein?«

Phil begann ihn aufzuziehen: »Ich glaube, Mrs. Haven kennt sich bei Sherlock Holmes nicht so genau aus, Mike. Oder kennen Sie die Stelle mit dem bellenden Hund?«

»Ich fürchte, nein«, mußte Adrienne zugeben.

»Also, Holmes macht zu Watson irgendeine Bemerkung über einen nachts bellenden Hund. Darauf Watson: ›Aber, Holmes, der Hund hat ja gar nicht gebellt!‹ Und Holmes: ›Das ist ja eben so sonderbar ...‹«

Adrienne wandte sich an Mike. »Sie halten also diese Einladung für einen – für einen bellenden Hund?«

»Ich weiß es wirklich nicht«, seufzte Mike und klopfte sich mit der Karte gegen die Fingerknöchel. »Ich bin schon soweit, daß ich nach allem grapsche, worauf man eine Theorie aufbauen könnte.«

»Also, ich glaube zwar, daß es eine Sackgasse ist«, sagte Phil fröhlich, »aber ich mache dir einen Vorschlag. ›Joachims Freunde‹ veranstalten ihren Klavierabend morgen, stimmt's? Warum gehen wir nicht hin und sehen uns die Sache an?«

Adrienne lächelte. »Es würde mich viel zu viel Überwindung kosten, es bei so einer Veranstaltung auszuhalten.«

»Vielleicht wäre es die Mühe wert«, sagte Mike. »Aber natürlich können wir nicht alle hingehen. Wir haben nur eine Einladung, und von ›Bringen Sie Ihre Freunde mit‹ steht nichts darauf.«

»Ach was, ich gehe hin«, entschied Phil. »Ich opfere mich für die gute Sache auf. Ich besitze einen Smoking. Und ich bin ein aufrichtiger Bewunderer von Johann Sebastian, Ludwig und Frédéric.«

Mike improvisierte eine Verbeugung und reichte ihm die Karte. »Viel Vergnügen, Mr. Capice. Und sei es auch nichts weiter als eine kulturelle Bereicherung – die Idee ist gut.«

Adrienne meinte: »Mike, Sie glauben doch nicht ernstlich, daß da etwas dahintersteckt?«

»Es ist merkwürdig«, antwortete Mike. »Und wir haben bis jetzt noch nichts Merkwürdiges in Walter Havens Leben entdeckt.«

»Aber die Einladung ist für meinen Mann. Wenn plötzlich Mr. Capice auftaucht –«

»Es steht kein Name auf der Karte«, bemerkte Phil.

»Richtig.« Mike runzelte die Stirn. »Und es wäre mir lieb, wenn auch dein Name aus dem Spiel bleibt. Für den Fall, daß irgend jemand allzu neugierig ist.«

»Ganz einfach. Ich werde meine Brieftasche zu Hause lassen«, schlug Phil vor.

»Nimm sie ruhig mit«, sagte Mike. »Aber vergiß den Personalausweis und alles, womit man dich identifizieren könnte. Am besten, wir statten dich gleich mit einer neuen Identität aus.«

»Also das klingt wirklich wie Sherlock Holmes«, sagte Phil strahlend. »Und ob du's glaubst oder nicht« – er grinste –, »ich weiß auch schon einen wunderbaren Namen für mich.«

8

St. Andrews Avenue 909 war ein Backsteinbau in einer Straße von Backsteinbauten in einer ganzen Gegend von Backsteinbauten. Aber das Haus unterschied sich in einigen Punkten von seinen Artgenossen. Das Parterrefenster war höher und schmaler, als Parterrefenster gemeinhin zu sein pflegen; und es war mit roten Gazevorhängen versehen, die – diskret von innen beleuchtet – ein Geheimnis dahinter versprachen. Und da war noch das Namensschild. Über der Türklingel war ein kleines holzgeschnitztes Klavier angebracht und darauf der Name: FRY, JOACHIM.

Jetzt erst dämmerte es Phil Capice, daß die Bezeichnung ›Joachims Freunde‹ sich nicht etwa auf irgendeinen abstrakten Musikverein bezog, sondern auf eine konkrete Person. Er grinste vor sich hin, er gönnte Mr. Fry seine

Freunde und überlegte, ob er wohl auch zu diesen gehören würde, wenn er das Backsteinhaus Nr. 909 in der St. Andrews Avenue wieder verließ. Er berührte kurz die schwarze Krawatte unter dem leichten Regenmantel, dann legte er den Finger an den Klingelknopf und drückte sacht darauf. Der Ton, den dies im Hausinnern hervorrief, war ein reines A.

»Auch eine Methode, sein Klavier zu stimmen«, murmelte Phil.

Er war bester Laune. Nachdem er sich gestern abend spontan zur Verfügung gestellt hatte, waren ihm Zweifel gekommen. Aber jetzt war der Besuch des Klavierabends verlockend wie ein Abenteuer. Phil war seit jeher der Ansicht gewesen, in der heutigen Zeit gebe es viel zu wenige Abenteuer, und er begrüßte auch die geringste Aussicht darauf.

Aus diesem Grund war er auch entzückt über die Erscheinung des Mannes, der ihm die Tür öffnete. Er trug, genauso wie Phil, einen gutgeschnittenen Abendanzug, und seine Funktion war offensichtlich die eines Butlers. Er war groß und hatte breite Schultern und fleischige Hände, aber am auffälligsten war sein Gesicht. Es hatte die Farbe von Hackfleisch und schien von einem Amateurbildhauer bearbeitet worden zu sein, der sich über seine schöpferischen Intentionen nicht ganz im klaren gewesen war. Dann fiel Phil das gebrochene Nasenbein und das Narbengewebe auf, und er wußte über die Vergangenheit des Mannes Bescheid. Mr. Frys Butler war ein ehemaliger Boxer. Warum auch nicht, dachte Phil.

»Ihre Einladung, Sir?« sagte der Mann. Seine Stimme klang weich und pelzig, nicht etwa heiser.

»Hier, bitte«, entgegnete Phil und brachte die Karte zum

Vorschein. »Entschuldigen Sie die Verspätung. Ich habe das Haus nicht gleich gefunden, alle sehen einander so ähnlich ...«

»Keine Ursache, Sir«, sagte der Boxer. »Sie sind der letzte. Aber Mr. Fry hat mit dem Konzert noch nicht begonnen. Bitte, treten Sie ein.«

Phil betrat den Korridor. Nachdem die Tür sich hinter ihm geschlossen hatte, mußte er sich erst an das gedämpfte Licht gewöhnen. Der Butler führte ihn in einen Vorraum und nahm ihm den Mantel ab. Der kleine Raum war mit einem dicken Orientteppich ausgelegt, an der Wand stand ein runder Tisch mit einer fransenbesetzten Decke. Darüber hing eine Jugendstillampe, wahrscheinlich echt Tiffany. Phil, dessen Frau Louise für Tiffanyglas schwärmte, hätte fast eine Bemerkung gemacht.

»Würden Sie bitte Ihre Maske anlegen, Sir?« sagte der Butler.

»Was?« fragte Phil.

»Ihre Maske. Das Konzert wird gleich beginnen. Sie haben doch Ihre Maske mitgebracht?«

Phil lächelte und war im Begriff, etwas Witziges zu erwidern. Er überlegte es sich jedoch anders, als er den Ausdruck totaler Humorlosigkeit auf dem verunstalteten Gesicht seines Gegenübers bemerkte. Der Ausdruck, mit dem der Mann Phil musterte, verriet – gelinde gesagt – gefährlichen Argwohn.

»Nein«, sagte Phil. »Ich fürchte, ich habe meine Maske nicht mitgebracht.«

Die Augen des Mannes verengten sich zu dünnen Schlitzen.

»Sie sind doch einer von Mr. Frys älteren Kunden, nicht wahr?«

»Äh, gewiß«, sagte Phil in der Annahme, das sei eine gute Antwort.

»Hat Mr. Fry Sie nicht ersucht, Ihre Maske mitzubringen?«

»Ach ja, natürlich, das muß er wohl. Wie dumm von mir. Ich habe es vergessen.«

Der Butler stieß ein kehliges Knurren aus und trat zu einem Schrank. Dann kam er mit einer Handvoll schwarzem Stoff zurück, der keine erkennbare Form hatte.

»Hier«, sagte er schroff, »binden Sie das um. Und seien Sie nächstes Mal nicht so vergeßlich.«

Phil faltete den Stoff auseinander und sah, daß es sich um eine weiche Gesichtsmaske handelte, die Augen, Nase und einen Großteil der Stirn bedeckte. Das Ganze war auch noch mit einem Gummiband versehen. Er kam sich dumm vor, als er tat, was man offenbar von ihm erwartete: Er streifte sich die Maske über und sah aus wie eine verspätete Ausgabe von Zorro dem Rächer.

»In Ordnung?« erkundigte er sich.

»Gehen Sie hinein«, sagte der Butler. Seine Stimme war nicht mehr pelzig. Als Phil zögerte, knurrte er abermals und wies ihm den Weg. Sie gingen den Korridor entlang und kamen in den Hauptraum des Backsteinhauses, ein Wohnzimmer mit hoher Decke, das in einen kleineren Konzertsaal umgewandelt war.

Phil trat in den Türrahmen und erblickte etwas, was entweder ein Traum oder eine Halluzination sein mußte.

Das dominierende Möbelstück des Raumes war ein weißer Konzertflügel mit dazugehöriger Sitzbank, die noch immer auf den Vortragskünstler wartete.

Aber das Publikum war bereits versammelt. Es bestand aus sechs männlichen Mitgliedern. Sie hatten alle Abendanzüge an und saßen in unbequemer, gezwungener Haltung auf Klappstühlen, die um das Instrument herum gruppiert waren. Sie sahen einander so ähnlich wie die Backsteinbauten auf der Straße. Und jeder von ihnen trug eine schwarze Maske, die Augen, Nase und Stirn bedeckte.

Phil hielt unwillkürlich die Luft an und erstarrte. Er stellte fest, daß die anderen bei seinem Eintreten aufgeblickt hatten, aber sonst geschah nichts. Er hätte den ganzen Abend so stehenbleiben können, aber die fleischige Hand des Butlers schubste ihn vorwärts. Wie im Traum ging er weiter. Zwei oder drei Stühle waren unbesetzt, und auf einem davon ließ er sich nieder.

Das also sind Joachims Freunde, dachte er. Und jetzt gehöre ich dazu.

Er betrachtete den Mann, der ihm am nächsten saß. Abendkleidung und Masken hatten zunächst den Eindruck der Gleichförmigkeit erweckt, aber jetzt entdeckte er Unterschiede. Der Mann war untersetzt, das Sakko spannte ihm über dem Magen. Er wischte sich immerzu die Hände nervös auf den Knien ab und brachte es so fertig, die Bügelfalte zu zerstören.

Phil sah sich auch die anderen an. Einer erwiderte seinen Blick, aber hinter der Maske konnte man keinerlei Gesichtsausdruck erkennen. Phil wandte sich ab und spürte deutlicher denn je die elektrisierende Atmosphäre von Nervosität und Ungeduld – und noch etwas. Wer auch immer Joachims Freunde sein mochten und warum auch immer sie sich dazu verstiegen, einem Klavierabend maskiert beizuwohnen, Phil hatte zweifellos schon ein fröhlicheres Konzertpublikum gesehen.

Dann erschien Joachim Fry.

Es hätte Phil nicht überrascht, wenn auch er seine Züge mit einer Maske verhüllt hätte, aber das war nicht der Fall. Er bot sein Gesicht dem Publikum entblößt dar. Er hatte feine, scharfe Züge, trug einen gepflegten ingwerfarbenen Schnurrbart, der zu dem grauen, stark pomadisierten Haar kontrastierte, das aus der Stirn zurückgekämmt war und etwa zweieinhalb Zentimeter über den hohen weißen Hemdkragen hinabhing. Das Hemd war vorn und an den Ärmelbündchen eingekraust, und sein Abendanzug bestand aus glänzendem, silberigem Tuch. Mr. Fry war nicht größer als einen Meter sechzig, aber er verbeugte sich mit der Grandezza eines Zweimeterriesen.

»Meine Freunde«, sagte er und strahlte sie an, »ich danke Ihnen, daß Sie heute abend gekommen sind. Ich habe für diese Gelegenheit ein besonderes Programm zusammengestellt – Perlen der Klavierliteratur, geschrieben von den großen Meistern dieses Instruments.«
Und jetzt war Phil wiederum entzückt. Der anfängliche Schock war überwunden, er verspürte eine köstlich kribbelnde Neugier, die ihn zu einem vergnügten Grinsen herausforderte.

»Meine erste Darbietung heute abend«, erklärte Fry, »ist die wohlvertraute Sammlung von Präludien und Fugen, genannt ›Das wohltemperierte Klavier‹, von Johann Sebastian Bach, ein Zyklus, mit dem Bach demonstrieren wollte, in welchem Ausmaß ein Komponist die Möglichkeiten des Klaviers auszuschöpfen in der Lage ist. Es handelt sich hierbei um eine äußerst interessante –«

»Weitermachen!«

Phil drehte sich um und schaute den untersetzten Mann an, obwohl er sich nicht sicher war, ob dieser der Störenfried war. Aber als wolle er jeden Zweifel ausschließen, sagte Phils Nachbar noch einmal: »Weitermachen, Fry! Keine langen Mätzchen!«

Fry erstarrte, zu seiner vollen, wenn auch nicht sehr imposanten Größe aufgerichtet.

»Ich dachte, es würde Sie interessieren«, sagte er in gekränktem Ton. »Die Kenntnis des Hintergrundes fördert das Verständnis des Werkes in erhöhtem Maße ...«

Auch die anderen rutschten auf ihren Stühlen herum, und es wurde hörbar gemurrt, aber niemand kleidete seinen Protest in Worte.

»Nun«, sagte Fry und machte einen Schmollmund. »wenn Sie es nicht erwarten können, daß ich spiele, dann spiele ich eben.« Er wandte sich, spürbar beleidigt, der Klavierbank zu, nahm jedoch noch nicht darauf Platz. »Ich werde allerdings keine weiteren unfreundlichen Bemerkungen dulden. Dies ist ein Konzert ...«

Er ließ den Blick kühl über das Publikum schweifen, von einer Maske zur anderen. Dann schaute er zur Tür, und Phil folgte seinem Blick. Dort stand der Butler, mit gekreuzten Armen. Eine Leibwache? fragte sich Phil.

Nun saß Fry am Flügel. Er entspannte umständlich die Finger. Dann legte er sie auf die Tasten.

Phil rechnete mit allem möglichen, unter anderem mit klimpernder Unfähigkeit, aber Fry spielte wirklich gut. Nicht perfekt; bei manchen Passagen waren seine kleinen Finger zu sehr damit beschäftigt, über die Tastatur zu huschen, um Vollendung zu erzielen. Aber der Mann konnte Klavier spielen; vielleicht hatte er früher einmal sogar Konzertformat besessen. Unwillkürlich ertappte Phil sich dabei, wie er aufmerksam und fast mit Genuß zuhörte.

Aber er war der einzige. Als Fry das erste Stück beendet hatte und mit dem nächsten begann, machte sich Füßescharren bemerkbar, Beine wurden übereinandergeschlagen, Räuspern und Murren kamen auf, und ungeduldige Füße klopften mit den Schuhspitzen auf den Boden. Joachims Freunde waren ihrem Gastgeber offenbar nicht allzu freundlich gesonnen.

Aber warum waren sie maskiert?

Fry begann eben mit dem fünften Stück seiner Darbietung, als der untersetzte Mann aufstand.

»Fry!« sagte er laut.

Der Pianist brach mit einem häßlichen Akkord ab. Drüben an der Tür beugte sich der Exboxer drohend vor.

»Machen Sie einen Punkt«, sagte der untersetzte Mann mit bebender Stimme. »Herrgott noch mal, machen Sie endlich einen Punkt!«

Dann stand noch jemand auf.

»Sehr richtig«, grollte er. »Ist es nicht sowieso schlimm genug?«

Joachim Fry schaute mit zuckendem Mund auf die Tasten. Einen Moment lang dachte Phil, er werde in Tränen ausbrechen. Aber dann schien er sich wieder zu fassen. Er drehte sich um und lächelte seine ungeduldigen Zuhörer an.

»Chopin«, sagte er mit weicher, besänftigender Stimmer. »Gegen Chopin hatten Sie nie etwas einzuwenden. Ich schlage vor, ich spiele Chopin – und das Konzert ist beendet?«

Drüben stützte sich der Butler mit den Händen gegen beide Seiten des Türrahmens wie eine Statue von Samson.

Langsam setzte sich der Dickwanst wieder hin. Fry lächelte fast dankbar. Er spielte ein Prélude von Chopin, sorgsam und gekonnt, ohne einen einzigen Fehler. Er endete mit einem kleinen Schlenker, stand auf und verbeugte sich, so als wäre ihm donnernder Beifall entgegengebrandet. In Wirklichkeit rührte sich keine Hand. Aber das schien Joachim Fry nichts auszumachen.

»Ich danke Ihnen«, sagte er. »Ich danke Ihnen vielmals, meine Freunde. Ich hoffe, das Konzert hat Ihnen gefallen. Und jetzt wird es mir ein Vergnügen sein, Ihre Spenden entgegenzunehmen. Mr. Sawyer ...« Er verbeugte sich, machte eine graziöse Kehrtwendung und verschwand durch den Türvorhang, durch den er aufgetreten war.

Der Butler kam heran. Er blieb zuerst bei dem Dickwanst stehen und wartete, bis dieser einen weißen Briefumschlag aus der Tasche geholt hatte. Diesen klatschte er verdrossen in die ausgestreckte Hand des Butlers, dann verließ er das Zimmer. Erst nachdem er gegangen war und man das Geräusch der zufallenden Haustür vernommen hatte, wandte ›Mr. Sawyer‹ sich an den nächsten. Der brachte ebenfalls einen weißen Briefumschlag zum Vorschein. Auf einmal dämmerte es Phil, daß Joachims Freunde alle eine Spende in einem weißen Briefumschlag bei sich zu haben schienen. Alle außer ihm.

Er kam als letzter an die Reihe. ›Mr. Sawyer‹ blieb eiskalt vor ihm stehen und streckte die Hand aus. Das Zimmer war leer. Das Publikum war verschwunden, und von Mr. Joachim Fry war weit und breit nichts zu sehen.

»Spende, Sir«, sagte der Butler. Er bewegte seine dicken Finger.

»Tja – wieviel ist üblich?« fragte Phil.

»Wie bitte, Sir?«

»Ich fürchte, das ist mein erstes Konzert. Ich war nicht darauf vorbereitet –«

Die Finger hörten auf, sich zu bewegen, und die Hand sank hinab.

»Was soll das heißen?«
»Nicht mehr und nicht weniger. Ich war noch nie bei einem – äh – Konzert anwesend. Ich war mir nicht schlüssig, wieviel ich –«
»Wollen Sie mich auf den Arm nehmen?«
Phil versuchte zu lächeln. »Nein, natürlich nicht.«
»Geben Sie die Maske her«, sagte Sawyer.
Phil nahm sie nur zu gern ab.
»Fry!« rief der Butler. Als sich nichts rührte, bellte er den Namen noch einmal: »Fry!«
Der Konzertpianist trat durch den Vorhang. Er hatte das Jackett ausgezogen und das rüschenbesetzte Hemd aufgeknöpft. Auf seinem Gesicht zeigten sich Sorgenfalten.
»Was gibt's, Sawyer? Was ist los?«
»Das da ist los«, sagte der Butler. »Ein Neuer!«
»Was?« Fry kam näher und starrte Phil an. »Aber wer ist denn das? Ich habe ihn noch nie gesehen. Sie vielleicht?«
»Keine Spur!«
»Tja...« Phil räusperte sich. »Um der Wahrheit die Ehre zu geben, die heutige Einladung ist nicht direkt an mich persönlich ergangen. Aber Sie werden verstehen –«
»Nein!« grollte Sawyer und packte Phil bei der Hemdbrust. »Ich verstehe gar nichts. Nicht bevor Sie mit der Sprache herausrücken –«
»Sie haben ihn hier hereingelassen!« rief Fry anklagend. »Sie sind schuld. Sie haben diesen Mann eingelassen!«
»Er hatte eine Einladung! Sie hatten doch eine?«
»Ja! Und wenn Sie mich erklären lassen –«
»Das ist eine private Vorführung!« rief Fry, und seine Stimme wurde vor Hysterie immer schriller. »Was fällt Ihnen ein, sich in eine private Gesellschaft einzudrängen?

Ich kann die Polizei rufen! Ich kann Sie ohne weiteres festnehmen lassen –«

»Okay, in Ordnung«, sagte Phil, ohne sich durch Sawyers härter werdenden Zugriff einschüchtern zu lassen. »Rufen Sie die Polizei, wenn Sie wollen. Aber ich wäre Ihnen sehr verbunden, wenn Sie mein Hemd losließen, Mr. Sawyer.«

»Wer hat Sie hergeschickt? Wie sind Sie zu der Einladung gekommen?«

»Sawyer«, sagte Fry, »durchsuchen Sie seine Brieftasche.«

Mit schnellen, geschickten Fingern fand der Butler die Brieftasche und schlug sie auf.

»Watson«, grunzte er. »J. Watson aus Minneapolis.«

»Jack Watson.« Phil lächelte. »Ich bin Handlungsreisender. Immer auf der Achse, Sie verstehen? Ich verkaufe Küchengeräte. Könnten Sie nicht einen neuen Eisschrank brauchen?«

»Ich kann Auskünfte brauchen«, schnauzte Fry. »Noch einmal – wo haben Sie die Einladungskarte her?«

»Ich habe sie gefunden.«

Die Hand des Butlers krachte gegen Phils Wange. Einen Moment lang war er wie betäubt. Dann löste sich Sawyers Gesicht aus einem verschwommenen roten Nebel.

Phil sagte: »Lassen Sie mich doch ausreden. Ich war in der Bar in meinem Hotel, und da lag die Karte auf dem Boden –«

»Lüge!« schrie Fry.

»Hören Sie mal«, sagte Phil, »ich dachte mir, so ein Klavierabend wäre vielleicht ganz lustig. Aber wenn ich geahnt hätte, was für ein Stümper Sie sind –«

Phil sah die Pranke des Butlers wieder auf sich zukommen. Er machte einen Ruck und riß sich los. Er drehte sich um, war aber nicht sicher, in welche Richtung er fliehen mußte.

»Sawyer!« schrie Joachim Fry. »Halten Sie ihn auf!«

Ein Schraubstock umklammerte sein Genick von hinten. Phil schlug mit der rechten Hand aus, aber er schlug in die Luft. Ein Felsblock krachte von der Seite gegen seinen Kopf, und Phil nahm an, daß es sich um Sawyers massive Faust handelte. Er sah alles nur noch schmerzverzerrt und wie im Nebel, sah, daß der Kerl wieder auf ihn losging. Sawyers Gesicht war vor Wut verzerrt. Aber am schlimmsten waren seine Augen. Sie waren völlig ruhig, unbeteiligt – die Augen eines Geschäftsmannes.

Nancys Dinnerparty war gleichzeitig ein Erfolg und ein Mißerfolg. Der gedeckte Tisch entsprach genau dem erlesenen Vorbild aus der Zeitschrift ›McCall‹. Das Servieren der einzelnen Gänge klappte wie am Schnürchen. Nicht ein Bissen konnte beanstandet werden. Mike erkannte die Qualitäten des Mahles sofort und geizte nicht mit Lob. Desgleichen Adrienne Haven und ihr Vater, die beiden Gäste. Und doch, die wesentlichsten Bestandteile fehlten. Die prickelnde Atmosphäre. Ein Lächeln im rechten Moment. Eine Anekdote, fröhliches Gelächter; oder eine ernste Anmerkung und ein verständnisvolles Nicken. Die Gespräche waren gespreizt, die Witze gezwungen, und insgeheim schien sich jeder zu denken: Bringen wir es möglichst schnell hinter uns.

Mr. Kyle machte immerhin einen Versuch.

»Eines hätte ich gern gewußt, Mr. Karr«, sagte er mit gar zu sonorer Stimme. »Werden Rechtsanwälte auch mitten in der Nacht aus dem Bett geklingelt wie Ärzte?«

»Nicht sehr oft«, antwortete Mike mit gequältem Lächeln. »Aber es kann schon vorkommen, daß ein Klient mich zu unmöglicher Stunde anruft.«

»Wissen Sie, daß mein Vater früher Arzt war?« wandte sich Adrienne an Nancy.

»Ja, Mike hat es erwähnt«, sagte Nancy. »Aber ich habe immer gedacht, Arzt bleibt man bis an sein Lebensende.«

Kaum hatte sie den Satz ausgesprochen, stieg Röte in ihre Wangen. Ein betretenes Schweigen folgte, das Kyle mit einem Lachen beendete.

»Nein, nein, auch wir dürfen den Beruf an den Nagel hängen«, erklärte er. »Wie alte Geldscheine werden wir ganz langsam aus dem Verkehr gezogen.«

»Rechtsanwälte desgleichen«, bemerkte Mike grinsend. »Nur mit dem Unterschied, daß Ärzte, glaube ich, den Titel ›Doktor‹ nie mehr loswerden.«

»Daddy ist es gelungen«, sagte Adrienne. »Seit er nicht mehr praktiziert, hat er sich ganz einfach niemandem mehr als ›Doktor‹ Kyle vorgestellt.«

»Da waren Sie aber bescheidener als nötig«, sagte Nancy und schenkte ihm einen besonders anerkennenden Blick.

»Es war reine Notwehr«, meinte Adriennes Vater. »Ich hatte einfach keine Lust mehr, immerzu kostenlos Ratschläge zu erteilen. Manchmal habe ich mich auch als Tierarzt ausgegeben, wenn jemand herausgekriegt hatte, daß ich den Doktortitel habe.«

»Und hat das etwas genützt?« fragte Nancy lächelnd.

»Nicht immer. Gelegentlich hat man mich gebeten, den Hund zu behandeln.«

Das war der beschwingteste Augenblick des Abends, und alle lachten – außer Adrienne.

»Möchten Sie noch Kaffee?« fragte Nancy sie.

»Nein, danke.« Auf ihrer Stirn ahnte man einen Anflug von Schweiß.

Mike sagte: »Ist es nicht zu warm hier drin?«

Darauf erklärte Nancy: »Im Gegenteil, mir kommt es eher kalt vor. Der Thermostat in diesem Zimmer ist der reinste Simulator für arktisches Klima.«

Kyle schaute seine Tochter an. »Alles in Ordnung, meine Liebe?«

»Nur ein bißchen warm, Daddy.« Sie bemühte sich, Nancy anzulächeln. »Manchmal glaube ich, der Thermostat in mir ist auf Kongo eingestellt.«

»Na ja, Sie sind eben eine Ausnahme«, sagte Mike und grinste Nancy zu. »Meiner Erfahrung nach frieren Frauen im allgemeinen viel eher als Männer – deswegen haben sie auch eine zusätzliche Heizstufe in elektrisch beheizten Bettdecken.« Aber sein Lächeln erstarb, als er sah, wie sich Adrienne Haven mit der Serviette die feuchte Stirn betupfte. Auch schien sie ihre leicht rollenden Augen nicht ganz in der Gewalt zu haben.

»Adrienne«, sagte ihr Vater mit einem nervösen Beben in der Stimme, »vielleicht ein bißchen frische Luft –«

»Ja, das wäre nicht schlecht«, sagte seine Tochter ruhig. Sie legte behutsam die Serviette weg und stand auf. Dann gaben ihre Knie nach, und sie kippte nach vorn. Nur Mikes blitzschnelle Reaktion verhinderte, daß sie auf Nancys prächtig gedeckten Tisch fiel.

Sie trugen sie zum Sofa. Mike stützte mit der Hand ihren Kopf, der widerstandslos am Hals hin und her zu pendeln schien. Sowie sie auf dem Sofa lag, wurde ihr Vater gleich wieder zu ›Dr. Kyle‹. Er öffnete den Kragen ihres Kleides und betupfte Stirn und Hals mit einer feuchten Serviette, die Nancy ihm reichte. Als seine Tochter wieder in der Lage war, Anweisungen zu befolgen, veranlaßte er sie, sich vorzubeugen, bis ihr Kopf die Knie berührte, damit das Blut ins Gehirn zurückströmen konnte. Aber auch nachdem der Ohnmachtsanfall vorüber war, sah Adrienne Haven noch immer nicht gut aus.

»Ich sollte sie wirklich nach Hause bringen«, sagte Kyle. »Es tut mir sehr leid, Mrs. Karr, das Abendessen war wirklich vorzüglich –«

»Denken Sie nicht ans Abendessen«, sagte Nancy schnell. »Mike, du bist doch behilflich?«

»Natürlich«, stimmte Mike zu. »Ich komme mit, Doktor Kyle.«

»Danke«, sagte Kyle ergeben und bemerkte nicht einmal, daß er auf einmal wieder seinen Titel führte.

Eine Stunde später befand Adrienne sich im Schlafzimmer im ersten Stock ihres Hauses. Aber ihr Vater zögerte, Mike gehen zu lassen.

»Trinken wir noch einen Cognac im Arbeitszimmer«, schlug er vor. »Ich habe mir erlaubt, diese kleine Neuerung nach Walters Tod einzuführen – eine Flasche Cognac.«

»Gut«, sagte Mike, der spürte, daß der alte Mann einen Gesprächspartner brauchte.

Und sein Gefühl trog ihn nicht.

»Morgen wird Adrienne sich deswegen schreckliche Vorwürfe machen«, sagte er. »Sie hatte sich schon so auf diesen Abend gefreut; Sie müssen wissen, sie hält große Stücke auf Sie und Mrs. Karr.«

»Wir werden den Abend sehr bald nachholen.«

»Sie begreifen doch, daß Adrienne nicht wirklich krank ist?«

Mike, dem die Pillendose einfiel, sagte nichts.

»Das alles war eine ungeheure Belastung für sie«, fuhr

Kyle fort. Dann schnaubte er. »Was für eine dumme Phrase! ›Ungeheure Belastung!‹ Als ob man damit beschreiben könnte, was sie durchgemacht hat!«

»Ich weiß«, sagte Mike. »Erst der Tod ihres Gatten und jetzt die Sache mit Tony Jerrick.«

Kyle runzelte die Stirn. Er ging und schenkte freigebig Cognac ein.

»Es wäre ein Fehler, anzunehmen, daß Adriennes Probleme erst mit dem Tod ihres Mannes begonnen haben.«

»Das habe ich auch nie angenommen.«

»Was meinen Sie also?« Der alte Mann blickte Mike über den Rand seiner Brille hinweg fast herausfordernd an.

»Nichts Bestimmtes. Ich bin ihr Rechtsanwalt und nicht ihr Psychiater.«

»Und ich bin ihr Vater«, sagte Kyle, »nicht ihr Arzt. Und ich fürchte sehr, die Ursache für alle Schwierigkeiten – bin ich.«

»Wieso?«

Kyle seufzte. »Es ist der Lauf der Welt. Ich habe als Vater Fehler gemacht – vermutlich, weil meine Eltern bei mir auch Fehler gemacht haben. Und jetzt erbt Adrienne sozusagen die Fehler der vergangenen Generationen.«

»Was für Fehler haben Sie gemacht?«

»Da war ihre Mutter«, antwortete Kyle. »Damit hat es angefangen. Als Adrienne erst ein paar Jahre alt war, kam ich zu der Überzeugung, daß ich ihre Mutter nicht mehr liebte, und ich verließ sie wegen einer Frau, die ich zu lieben glaubte. Ebenfalls eine Illusion, wie sich herausstellte.«

»Und was geschah?«

»Unglücklicherweise starb ihre Mutter. Nicht etwa an

gebrochenen Herzen, wie ich hinzufügen möchte. Eine gebrochene Wagenachse hatte an ihrem Tod schuld. Natürlich sorgte ich für Adriennes Erziehung und Lebensunterhalt, aber wie ich mich als schlechter Ehemann erwiesen hatte, so erwies ich mich auch als schlechter Vater.«

Mike bemerkte vorsichtig: »Ich bin nie dahintergekommen, nach welchen Regeln die Qualitäten eines Vaters gemessen werden.«

»Nun, eine Regel habe ich jedenfalls verletzt. Ich war nicht in der Lage, ihr finanzielle Sicherheit zu bieten.« Kyles Glas war leer. »Ich vermute, das wissen Sie nicht, Mr. Karr, aber ich bin dafür verantwortlich, daß meine Tochter Walter Haven geheiratet hat. Ich habe die Sache eingefädelt.«

»Ich kann darin nichts Böses sehen.«

»Ich schon«, sagte Kyle. Die aufkeimende Bitterkeit spülte er mit einem Schluck aus dem nachgefüllten Cognacglas hinunter. »Sehen Sie, sowie ich mich in Monticello niedergelassen hatte, bin ich einem guten Klub beigetreten. Einem Klub, wo ich Leute wie beispielsweise Walter Haven kennenlernen würde. Und als es soweit war, stellte ich mit Genugtuung fest, daß ich jemanden gefunden hatte, der sich ernsthaft für meine Tochter interessierte.«

»Adrienne hat mir erzählt, daß sie ihn durch Sie kennengelernt hat.«

»Aber ich fürchte, es war kein Zufall, sondern blanke Berechnung. Ich hatte bereits entschieden, daß dieser reiche, ehrgeizige, nicht mehr ganz junge Herr der ideale Kandidat war. Wenn ich schon sonst nichts für mein kleines Mädchen tun konnte, dann konnte ich ihr wenigstens zu einer guten Heirat verhelfen. Und ich habe in dieser Beziehung ebenfalls versagt, müssen Sie wissen. Denn die Ehe war nicht glücklich. Es war ganz einfach nicht genügend Liebe vorhanden.«

Mike tat der alte Mann leid. Er wollte gerade etwas Mitfühlendes sagen, als das Telefon klingelte.

Kyle hob ab und sagte gleich darauf zu Mikes Überraschung: »Ich dachte, Sie kriegen keine Anrufe mitten in der Nacht?«

Mike nahm den Hörer und hörte Nancy sagen: »Du, Mike, man hat dich aus dem Krankenhaus angerufen –«

»Aus dem Krankenhaus? Um Himmels willen, warum denn?«

»Ich fürchte, es handelt sich um Phil.« Nancys Stimme zitterte. »Man hat mir nicht gesagt, was ihm fehlt, aber anscheinend hatte er einen Unfall –«

»Mit dem Wagen?«

»Das hat man mir nicht gesagt. Der Mann, mit dem ich gesprochen habe, meinte, es sei nicht lebensgefährlich ... Offenbar war Phil bei Bewußtsein, denn wo hätten sie sonst deinen Namen herhaben sollen?«

»Aha«, sagte Mike entschlossen. »Am besten, ich fahre gleich mal hin und sehe nach, was los ist. Weiß Louise Bescheid?«

»Keine Ahnung. Ich hatte Angst, sie anzurufen.«

»Das solltest du aber, falls man sie noch nicht verständigt hat. Vielleicht trägt Phil keine Ausweispapiere bei sich ...« Da fiel Mike plötzlich ein, weswegen Phil unterwegs gewesen war. »Ob das vielleicht zusammenhängt mit diesem –«

»Womit, Mike?«

»Ach, nichts«, sagte er gepreßt. »Also, du rufst Louise

an, und ich fahre so schnell wie möglich ins Krankenhaus. Von dort melde ich mich wieder und berichte, was los ist.«

9

Phil Capice schenkte Mike ein tapferes Lächeln; tapfer deshalb, weil ihm bei der Anstrengung sämtliche Muskeln seines geschwollenen, verfärbten Gesichts weh tun mußten.

»Du solltest meinen Gegner sehen«, sagte er. »Nicht die Spur eines Kratzers auf seiner Visage.«

»Mich interessiert vor allem«, sagte Mike, »wer ›dein Gegner‹ ist. Und fang lieber gleich mit dem Erzählen an, bevor Louise kommt. Ich habe so ein Gefühl, daß sie mich für die Sache verantwortlich machen wird.«

»Keine Bange«, sagte Phil. »Ich habe den Auftrag freiwillig übernommen. Und außerdem steht es nicht halb so schlimm um mich, wie es aussieht.«

Mike knurrte. Aber er wußte vom behandelnden Arzt, daß Phil die Lage richtig einschätzte. Man hatte ihn halb bewußtlos auf dem Gehsteig gefunden, zwei Häuserblocks von Joachim Frys Backsteinhaus entfernt. Aber man hatte keine inneren Verletzungen festgestellt, und die Wunden im Gesicht entsprachen etwa dem, was ein erfolgloser Boxer durchschnittlich einzustecken hat. Trotzdem war Mike nicht wohl bei der Vorstellung, wie Louise auf die vielfarbigen Schrammen reagieren würde.

»Oder, hör mal«, schlug Mike vor, »wenn dir das Reden jetzt schwerfällt, können wir es auch auf morgen früh verschieben.«

»Ach was, Unsinn. Morgen früh verdufte ich von hier.

Mir fehlt nichts, was sich mit einem heißen Bad und einem kühlen Martini nicht kurieren ließe.«

»Mir scheint, man hat dir weder das eine noch das andere verordnet. Aber das betrifft die medizinische Seite des Falles. Wir sollten uns über die juristische unterhalten.«

»Inwiefern?«

»Jemand hat dir eine gewaltige Tracht Prügel verpaßt«, sagte Mike, »und das ist hierzulande immer noch ein Verbrechen. Man nennt es offiziell Körperverletzung. Also erzähl schon.«

»Du bist nicht mein Anwalt. Du bist Adrienne Havens Anwalt.«

»Dann hängt es also doch mit dem Klavierabend zusammen?«

»Und ob«, bestätigte Phil.

Dann erzählte er. Als er mit seinem Bericht fertig war, brachte Mike den Mund kaum mehr zu.

»Ist das dein Ernst? Ich meine – die Sache mit den Masken?«

»Und ob das mein Ernst ist! Schau mich an: Man könnte glauben, ich trage jetzt noch eine Maske.«

»Phil, hast du dich gegen diesen Mann – wie hieß er doch gleich? Sawyer. Hast du dich gegen ihn zur Wehr gesetzt? Hast du dich mit ihm gestritten?«

»Na klar.«

Mike runzelte die Stirn. »Du kannst dir doch denken, wie sie es hindrehen werden? Sie werden argumentieren, daß du in eine private Veranstaltung hereingeplatzt bist, daß du Widerstand geleistet hast und gewaltsam entfernt werden mußtest.«

»Na und?«

»Das schwächt unsere Position erheblich. Sie werden

Hausfriedensbruch ins Treffen führen, sogar Notwehr.«

Phil verzog das Gesicht und stöhnte. »Aber willst du denn überhaupt Anzeige erstatten, Mike?«

»Nein«, sagte der Rechtsanwalt nachdenklich. »Ehrlich gesagt, wenn du nicht darauf bestehst, würde ich es lieber nicht. Denn hier liegt etwas viel Wichtigeres vor als ein Fall von Körperverletzung. Ein größeres Verbrechen.«

»Was für ein Verbrechen?«

Mike stand auf.

»Erpressung, Phil. Das ist der wahre Titel für Joachim Frys künstlerische Darbietung.«

»Erpressung? Wie kommst du darauf?«

»Es ist die einzige sinnvolle Erklärung für das Vorgefallene. Nicht, daß bei einem Verrückten wie Fry unbedingt alles sinnvoll sein muß. Aber verstehst du denn nicht? Warum sollte eine Gruppe von Leuten einen Pianisten mit Spenden unterstützen, den sie offensichtlich verabscheuen?«

»Da bin ich überfragt«, brummte Phil.

»Sie haben gezwungenermaßen gespendet. Weil Joachim über Mittel verfügt, sie zur Kasse zu bitten – Mittel, die seine musikalischen Fähigkeiten bei weitem übersteigen.«

»Warum dann der Klavierabend? Warum ›Joachims Freunde‹?«

»Um den Tatbestand der Erpressung zu verschleiern. Um sozusagen eine legale Veranlassung für die ›Spenden‹ zu konstruieren. Etwas, womit Joachim sich rechtfertigen kann, wenn es Zeit wird, Einkommensteuer zu zahlen. Und vielleicht kommt noch etwas anderes hinzu ...«

»Zum Beispiel?«

»Vielleicht ist Fry krank«, meinte Mike. »Vielleicht ist

bei Fry eine Schraube locker, und er steht unter dem Zwang, seine Opfer mit Musik zu quälen.«

»Komische Art, jemanden zu quälen. In Wirklichkeit«, fügte Phil widerwillig hinzu, »spielte Fry nämlich gar nicht schlecht. Es könnte sogar sein Beruf sein ...«

»Vielleicht war es früher sein Beruf. Jetzt hat er einen neuen – Erpressungsgelder einkassieren.«

»Aber warum die Masken?«

»Nun, das liegt doch eigentlich auf der Hand. Wenn du einem Erpresser in die Hände fällst, würdest du dann wollen, daß alle Welt es weiß?«

»Natürlich nicht.«

»Fry kann seine Opfer nur dann in ein und demselben Raum versammeln, wenn er sie zwingt, Masken zu tragen. Damit sie einander nicht erkennen. Wahrscheinlich ist jeder dieser Klavierabende ein Maskenfest.«

»Und als sie merkten, daß ich nicht dazugehöre –«

»– haben sie dich hinausgeworfen, und das Gesetz gibt ihnen sogar das Recht dazu. Aber ich stimme dir zu«, sagte Mike und biß sich auf die Lippen. »Wir werden keine Anzeige erstatten. Denn wir haben immerhin etwas von höchster Wichtigkeit erfahren.«

»Was?«

»Daß Walter Haven erpreßt worden ist.«

Phil stieß trotz seiner verletzten Lippen einen Pfiff aus. »Natürlich! Haven hatte eine Einladung bekommen, also gehörte er zu den ›Freunden‹. Aber warum wurde er erpreßt?«

»Das weiß ich nicht. Aber wenn wir es herausfinden« sagte Mike beinahe glücklich, »wenn wir den Grund erfahren, warum er erpreßt wurde, so kennen wir vermutlich auch den Grund, warum er Selbstmord verübt hat!«

Seine Stimme klang triumphierend. Phil antwortete darauf mit einem Grinsen.

»Mensch, du hast recht. Es ist der erste Hinweis, bei dem wir einhaken können.«

Jetzt strahlte Mike richtiggehend.

»Phil, du hast dich um die gute Sache verdient gemacht. Sobald du hier wieder draußen bist, kaufe ich dir das größte Steak, das sich in Monticello auftreiben läßt.«

»Warum nicht jetzt gleich?« fragte Phil. »Roh? Für mein blaues Auge?«

Auch Martha Marceau schien Steaks im Sinn zu haben. Als Mike am nächsten Morgen das Dienstzimmer des Polizeichefs betrat, telefonierte sie gerade mit dem Metzger und erbat sich besonders schöne Fleischstücke für das geplante große Wochenendmahl. Mike grinste; der Anblick ihres hübschen herzförmigen Gesichts und das Hausfrauengeplapper am Telefon verliehen der nüchternen Atmosphäre der Dienststelle direkt etwas Anheimelndes. Als jedoch Bill aus seinem Büro herauskam, schien er nichts dergleichen wahrzunehmen. Er schaute Martha an, die gerade auflegte und sagte: »Ich war eben dabei, dir zu melden, daß Mike –«

»Nicht nötig«, brummte Bill. »Ich sehe selbst, daß er hier ist.« Er hielt dem Anwalt die Tür auf. »Nimm alle Gespräche für mich entgegen, Martha«, sagte er. »Aber stör mich nicht wegen jeder Kleinigkeit, ja?«

»Und was ist mit den Akten, die ich dir heraussuchen soll? Willst du die gleich haben?«

»Ja doch. Such sie heraus.« Im Büro ließ sich Bill seufzend auf seinen Drehstuhl plumpsen.

»Das klingt nicht so gut«, stellte Mike fest. »Das klingt wie ein Seufzer der Enttäuschung.«

»Das ist es auch.« Bill legte die Stirn in Falten. »Ich bin von dir enttäuscht, Mike. Von dir und von Phil Capice.«

»Was hat der arme Phil damit zu tun?«

»Das möchte ich ja eben wissen. Was ist dem ›armen Phil‹ zugestoßen? Wer hat so hart zugestoßen?«

»Das habe ich dir gestern abend schon gesagt. Er ist in einer üblen Gegend von einem Rowdy angefallen worden. Der hatte es vermutlich auf seine Brieftasche abgesehen. Hat er dir das nicht gesagt?«

»Doch, ich habe mit ihm gesprochen. Aber ich war mit seiner Geschichte nicht zufrieden. Sie hat große Löcher aufzuweisen. Zum Beispiel der ›Klavierabend‹, zu dem er da gegangen ist ...«

»Was ist so seltsam daran? Phil mag Musik.«

»Warum hat ihn Louise nicht begleitet?«

»Vielleicht weil sie Musik nicht so sehr mag.«

»Die beiden gehen nie getrennt irgendwohin«, sagte Bill. »Sie sind anders als die Havens. Und auf einmal kommt Phil mit eingeschlagener Visage nach Hause ...«

»Hör mal, Bill –«

Bill schnüffelte hörbar. »Weißt du, was ich rieche? Daß da etwas ausgekocht wird. Eine kleine Verschwörung vielleicht. Phil war dir im Fall Jerrick behilflich –«

»Im Fall Haven, wenn schon«, korrigierte Mike. »Ich habe dir gesagt, ich bin nicht Tony Jerricks Anwalt; das ist Tom Harvey. Ich fungiere lediglich als besonderer Rechtsbeistand für Mrs. Haven.«

»Und sie setzt alles daran, zu beweisen, daß ihr Schatz kein Mörder ist.«

»Er ist weder das eine noch das andere«, stellte Mike fest. »Weder ihr Schatz noch ein Mörder. Bill, davon bin ich mehr denn je überzeugt.«

»Weil du denkst, Haven hat sich das Leben genommen.«

»Ja.«

»Bedeutet das, daß du ein Motiv für einen Selbstmord gefunden hast?«

»Das nicht gerade ...«

»Was dann?« fuhr Bill fast verärgert auf. »Warum rennst du immer wieder mit dem Kopf gegen diese Wand, Mike? So ein Dickschädel warst du eigentlich nie ...«

»Weil ich etwas habe, wonach ich mich richten kann, Bill. Es ist noch nicht das Motiv, aber es könnte mich hinführen. Es ist ein Fleck auf der weißen Weste des großen Zeitgenossen –«

»Wovon redest du?«

»Erinnerst du dich an meine Bitte, zu kontrollieren, was über einen Mann namens Joachim Fry amtsbekannt ist?«

»Ja. Martha hat in der Kartei nachgesehen, aber du wirst enttäuscht sein. Ich weiß nicht, wofür du den Mann hältst, ein Verbrecher ist er jedenfalls nicht.«

»Woher willst du das wissen?«

»Auf dem Papier ist er so unschuldig wie ein neugeborenes Kind. Nichts Nachteiliges ist über ihn bekannt. Keine Festnahmen, keine Vorstrafen. In unserer Kartei ist er gar nicht vertreten. Martha mußte – und das war klug von ihr – Ken Emerson in der Redaktion der ›News‹ anrufen, um überhaupt etwas zu erfahren. Der hat einiges aus dem Archiv ausgegraben und herübergeschickt.«

»Darf ich es sehen?«

»Noch nicht«, sagte Bill gewitzt. »Nicht, solange du mich nicht einweihst.«

»Bill, ich kann dir noch nicht alle Fakten geben, weil ich sie selbst noch nicht kenne. Und ich möchte keine Beschuldigungen erheben, die ich vor Gericht nicht vertreten kann.«

»Juristen!« seufzte Bill.

»Ich kann dir nur so viel verraten, und zwar dir als Freund, nicht dir als Polizeibeamten –«

»Aha, wer nimmt sich da schon wieder Pivilegien heraus?«

»Bill, es muß so sein.«

»Na schön«, meinte der Polizeichef. »Wir wollen nicht darüber streiten. Was hast du herausgefunden?«

»Nur eines. Walter Haven wurde erpreßt.«

Bill regte sich nicht weiter darüber auf.

»Aha. Und wer ist der Erpresser? Fry?«

»Möglicherweise.«

»Weich mir nicht aus – von wegen ›Freund‹!«

Mike setzte ein dünnes Lächeln auf. »Also gut. Wahrscheinlich. Ich glaube, Fry hatte Walter Haven irgendwie in der Hand und mußte mit Geld zum Schweigen gebracht werden.«

»Handelte es sich um etwas so Einschneidendes, daß Haven deshalb Selbstmord beging?«

»Vielleicht ist das die Antwort.«

»Hm. Und wenn du weißt, daß Fry ein Erpresser ist, warum läßt du uns dann nicht gegen ihn vorgehen?«

»Vor allem, weil es dir schwerfallen dürfte, ihm etwas nachzuweisen. Ich habe selbst keine konkreten Beweise. Und es wird kaum möglich sein, seine Opfer zum Reden zu veranlassen.«

»Hast du gesagt, ›seine Opfer‹? Mehrzahl?«

»Ja.« Mike nickte. »Haven war nicht das einzige Opfer Fry hat eine ganze Menge davon – frag mich nicht, wie er das angestellt hat.«

»Und wie hast du davon erfahren?«

Mike blickte ihn gequält an. »Bill, das ist eben der Punkt, wo ich passen muß. Das fällt unter die Schweigepflicht, die ich meinem Klienten schuldig bin.«

»Aber Fry ist nicht dein Klient!«

»Bill, ich kann es nicht ändern. Wenn ich alle meine Karten auf den Tisch lege und die Polizei einweihe, dann schade ich damit den Interessen meines Klienten. Du weißt doch selbst, wie das ist.«

»Aber du deckst einen Verbrecher –«

»Wenn ich ihn dir auf einem silbernen Tablett präsentieren könnte, würde ich es tun! Aber im Moment steht Mrs. Haven im Vordergrund meiner Verpflichtungen.«

»Also gut, von mir aus«, sagte Bill gereizt. »Was willst du also von mir?«

Mike schaute den Polizeichef mit ehrlicher Sympathie an. »Wie wär's mit dem Informationsmaterial?« fragte er.

Martha brachte es herein. Die Mappe enthielt nicht viel: eine mit der Maschine getippte Zusammenfassung, die Kopie eines Zeitungsartikels und ein paar zusammengeheftete Blätter aus dem Staatlichen Krankenhaus in Monticello.

»Ich habe dich gewarnt«, sagte Bill. »Es ist kaum der Rede wert. Wie du aus dem Lebenslauf ersehen kannst, hatte es Fry hauptsächlich mit der Kunst.«

»Ein Wunderkind.« Martha lächelte. »In dem Zeitungsartikel heißt es, er habe sein erstes Konzert mit neun Jahren gegeben, in Boston. Ist das nicht süß?«

»Reizend«, sagte Mike und verzog das Gesicht. »Besonders wenn ich an sein letztes Konzert denke...«

»Das Konzert, das Phil besucht hat?« fragte Bill hart dazwischen.

Mike überflog den Artikel. Es handelte sich um die Besprechung eines Konzerts, das Joachim Fry in der Hollywood Bowl gegeben hatte. Die Kritik war ausgesprochen lau, aber das etwas unscharfe Foto ließ Fry triumphierend erscheinen.

Bill sagte: »Er sieht nicht aus wie jemand, der imstande ist, Phil ins Krankenhaus zu bringen.«

»Wer hat denn das behauptet?«

»Aber ihr wißt doch«, mischte sich Martha ein, »was man Leuten nachsagt, die – na ja – nicht ganz richtig im Kopf sind. Angeblich besitzen sie übermenschliche Kräfte.«

»Was soll das nun wieder heißen?« fragte Mike.

Martha tippte mit dem Finger auf die Papiere. Jetzt erst erkannte Mike die Bedeutung des Krankenhausberichts. Er stammte aus der Psychiatrischen Abteilung des Staatlichen Krankenhauses von Monticello und befaßte sich mit Joachim Frys vierjährigem Aufenthalt in der Heil- und Pflegeanstalt für Geisteskranke.

»Na«, meinte Mike grimmig, »das ergibt wenigstens einen Sinn.«

Später am Nachmittag machte er einen weiteren Fortschritt. Phil, dessen Gesichtsschwellungen zurückgegangen waren und den man kunstgerecht verbunden hatte, war aus dem Krankenhaus entlassen worden. Mike versorgte ihn mit etwas Eßbarem – Phil konnte noch kein Steak beißen, also begnügte er sich mit Suppe – und begleitete seinen Freund dann zur Polizeidienststelle. Polizeichef Marceau führte die beiden höchstpersönlich in den Raum, wo die Verbrecherkartei untergebracht war.

Nachdem Phil auf der Suche nach einem Polizeifoto

seines Angreifers vier Bücher mit Bildern durchgeblättert hatte, wurde Bill müde und überließ sie der Obhut eines Leutnants namens Barney. Barney hoffte inständig auf eine Reaktion von Phil, aber der zeigte keine. Er blätterte noch ein Dutzend weiterer Bücher durch, ohne auch nur einmal mit der Wimper zu zucken. Barney fing an zu gähnen, und Mike spürte einen Krampf in sämtlichen Gliedern. Phil blätterte unverdrossen weiter. Die Zeiger der großen Wanduhr rückten unaufhaltsam voran, vollführten bereits die zweite Umdrehung seit der Ankunft der beiden Freunde. Allmählich wurde ihnen klar, daß Phil den Mann nicht finden würde.

Schließlich klappte Phil das Buch zu und sagte: »Tut mir leid, Barney, aber es hat keinen Zweck. Ich bin jetzt so weit, daß ich mir einbilde, die Gesichter sehen alle gleich aus.«

»Ja, das kommt vor«, sagte Barney verständnisvoll. »Und wer weiß? Vielleicht hatte der Kerl, der Sie überfallen hat, noch nie etwas mit der Polizei zu tun.«

»Und da kommt er erst jetzt drauf!« stöhnte Phil.

Als er jedoch draußen in Mikes Wagen einstieg, grinste Phil und sagte: »Hoffentlich habe ich richtig gehandelt, Mike.«

»Wieso?«

»Daß ich den Mund gehalten habe.«

»Was?«

»Tja, ich habe den Kerl nämlich doch herausgefunden. War verdammt schwer, Barney nichts merken zu lassen. Aber ich habe mir gedacht, du möchtest vielleicht früher Bescheid wissen als Bill, für den Fall, daß du einige Schachzüge vorhast.«

»Das war grundfalsch«, tadelte Mike streng. »So etwas

nennt man Behinderung der Behörden in der Ausübung ihrer Pflicht, und man sollte es unterlassen. Aber da du dich des Vergehens nun einmal schuldig gemacht hast« – er lächelte –, »vielen Dank. Wie heißt der Kerl?«

»Fry nannte ihn Sawyer. Aber im Buch lautete sein Name Kessie, John Kessie. Da standen noch ein paar Namen, aber die habe ich mir nicht gemerkt. Ferner war eine ganze Reihe von Festnahmen angeführt, aber – soviel ich gesehen habe – nur zwei gerichtliche Verurteilungen. Er war eine Zeitlang in Leavenworth eingesperrt –«

»Leavenworth? Das ist eine Bundesstrafanstalt. Hast du gesehen, weswegen er verurteilt wurde?«

»Ja, eine Rauschgiftaffäre. Ich glaube, er hat das Zeug verkauft.«

»Rauschgift!«

»So stand es dort. Der Kerl ist offenbar ein Rauschgifthändler. Aber jetzt hat er auf Butler umgesattelt. Eine tolle Umstellung. Nanu«, sagte er, als er sah, wie Mike vor sich hin starrte. »Willst du nicht endlich den Wagen anlassen? Ich schulde Louise noch eine ausführliche Erklärung.«

»Ich habe nur nachgedacht«, sagte Mike.

»Worüber?«

Mike schaute den Zündschlüssel in seiner Hand an.

»Darüber«, sagte er. »Über den Schlüssel der ganzen Angelegenheit.«

Phil brauchte Louise nichts zu erklären. Das übernahm Mike. Es war typisch Louise, vornehm, schweigend dazusitzen und zuzuhören, obwohl sie bestimmt gern gestöhnt, geflucht und sich beklagt hätte und Mike am liebsten ins Wort gefallen wäre. Als Mike mit seinem Bericht fertig war, nannte sie ihren Mann auf verschiedene Weisen einen Dummkopf, weil er sich einer solchen Gefahr ausgesetzt hatte, aber schließlich fiel sie ihm um den Hals und war stolz auf ihn, wie sie erklärte.

»Du darfst sogar besonders stolz auf Phil sein.« Mike lächelte. »Denn durch sein Eingreifen tritt das Problem endlich klar zutage.«

»Tatsächlich?« fragte Phil.

»Jawohl.« Mike nickte. »Ich meine, daß du Sawyer – oder vielmehr: Kessie – im Verbrecheralbum erkannt hast. Sag Louise, was seine Spezialität ist, Phil.«

»Rauschgift«, sagte Phil etwas verwirrt. »Aber was ziehst du daraus für Schlußfolgerungen?«

»Soll das heißen, daß bei diesen Klavierabenden Rauschgift verkauft wird?« fragte Louise.

»Nein«, sagte Mike. »Das bezweifle ich. Phil hat keinerlei Transaktionen beobachtet, und ich bezweifle, daß ein Mann wie Fry sich so offen in eine Rauschgiftaffäre einlassen würde. Ich glaube vielmehr, daß Sawyer das Zeug verkauft oder früher verkauft hat. Und wenn er die Namen seiner Kunden an Fry weiterleitet ...«

»Kapiert«, sagte Phil. »Die Liste von Frys Opfern ist identisch mit der Liste von Sawyers Kunden.«

»Sieh mal an«, bemerkte Louise charmant, »wie perfekt ihr zwei Holmes und Watson imitieren könnt.«

»Und wer ist wer?« fragte Phil. »Ach, ich weiß schon.«

»Das könnte wirklich die Lösung sein«, sagte Mike begeistert. »Zumal, wenn Sawyers Kunden aus den besseren Kreisen stammten ...«

»Wie etwa Walter Haven?« unterbrach Phil.

Louise protestierte: »Das kann doch nicht dein Ernst sein?«

»Mit Sicherheit läßt sich nichts behaupten«, sagte Mike.

»Vielleicht war Fry etwas anderes Nachteiliges über Walter bekannt; vielleicht hat er mehrere Informationsquellen.«

»Jedenfalls müssen wir es herausfinden, was auch immer es ist«, sagte Phil. »Und zwar schnell.«

»Wann fängt die Verhandlung gegen Jerrick an?« fragte Louise.

»Morgen«, erwiderte Mike. »Und wie die Dinge liegen, verspricht der Prozeß kurz und bündig zu werden.«

»Und vielleicht«, fügte Phil grimmig hinzu, »tödlich.«

»Aber was in aller Welt können wir unternehmen?« fragte Louise und blickte vom einen zum andern. »Man kann diese Leute nicht zwingen, daß sie die Wahrheit über Walter sagen. Nicht ohne sie gleichzeitig als Erpresser bloßzustellen. Das sieht mir ganz nach einer Sackgasse aus.«

»Möglich«, sagte Mike. »Es sei denn, wir finden einen Umweg ...«

»Zum Beispiel?«

»Zum Beispiel, indem wir den Beweis erbringen, daß Fry ein Erpresser ist, und ihn damit erpressen, uns die nötigen Informationen über Walter Haven zu geben.«

»Aber wie sollen wir den Beweis erbringen?«

Mike stand auf und ging zum Kamin. Dort hatte er vor einer halben Stunde seine Kaffeetasse abgestellt, und jetzt nippte er daran, ohne zu merken, daß der Kaffee längst kalt geworden war.

Dann meinte er: »Wir könnten uns selbst erpressen lassen, oder?«

»Das wird nicht so leicht sein. Der hält dich niemals für einen Rauschgiftsüchtigen, Mike. Und mich können wir nicht mehr einsetzen, nach allem, was auf dem Maskenball passiert ist.«

»Stimmt«, sagte Mike. »Du fällst aus, und ich eigne mich auch nicht für diese Rolle. Aber, offen gestanden, ich habe dabei nicht an uns beide gedacht.«

Phil starrte erst ihn an und dann seine Frau. Als Louise begriff, was Mike mit seinem letzten Satz gemeint hatte, stieß sie ein leises Miauen aus wie eine Katze, und dann erschreckte sie Phil durch einen Ausruf des Entzückens.

»Mike, ist das dein Ernst? Meinst du wirklich mich?«

10

Das Lokal hieß ›Western Bar‹, und der längst vergessene Gründer hatte offenbar vorgehabt, es im Wildweststil zu dekorieren. Aber die Gegend war heruntergekommen, das Lokal hatte ein dutzendmal den Besitzer gewechselt, und so war nichts Wildwestliches übriggeblieben außer einem struppigen Büffelkopf über der Theke, dem ein Horn fehlte. Louise Capice saß allein in einer Nische. Sie betrachtete den Büffel und den Barkeeper und glaubte eine Ähnlichkeit in den bekümmerten Zügen von beiden zu entdecken.

Über eines war sie recht froh: Sie war nicht die einzige Frau im Lokal. Ein Quartett hatte die ›Western Bar‹ zum Schauplatz einer Geburtstagsfeier erkoren. Sie hatten mit dem Trinken gerade erst angefangen und das Krawallstadium noch nicht erreicht. Weniger glücklich war sie über die Männer, die sie während der vergangenen zwanzig Minuten wiederholt gemustert hatten. Früher oder später werden Annäherungsversuche den Blicken folgen, dachte sie und hoffte, daß ihre Mission bis dahin beendet sein würde.

Es hatte dann doch noch einiger Überredung bedurft, bevor die Aktion zustande kam. Phil schwärmte zwar für Abenteuer, aber nicht, wenn seine Frau in sie verwickelt werden sollte. Nur Mikes wiederholte Zusicherung, daß für Louise kaum eine Gefahr bestand, daß sie beide, Mike und Phil, sich die ganze Zeit über in Rufweite aufhalten würden, hatte Phil schließlich umgestimmt. Louise war jedenfalls begierig gewesen, den Auftrag auszuführen, aber als sie jetzt mit gekreuzten Beinen in der Nische saß und versuchte, den Konsum eines Whisky Sour so lange auszudehnen, wie es ging, fragte sie sich doch, ob sie nicht leichtsinnig gehandelt hatte.

Mike hatte das mit der ›Western Bar‹ herausgebracht. Es hatte keiner besonderen Detektivarbeit bedurft, Mr. Sawyers nächtliche Gewohnheiten auszukundschaften, zumal diese sich als regelmäßig herausstellten. Allabendlich bezog Sawyer alias Kessie die ›Western Bar‹ in seine Runde ein. Manchmal traten Leute an ihn heran und sprachen mit ihm; alle möglichen Leute, auch Frauen. Es war nicht anzunehmen, daß eine Frau mehr oder weniger, die sich an Mr. Sawyer wandte, Aufsehen erregen würde.

Als Mike es beschrieb, hatte alles sehr einfach gewirkt. Aber jetzt stellte Louise fest, daß ihre Hand zitterte, als sie das Whiskyglas hob, während sie den Eingang im Auge behielt.

Dann kam er herein.

Es bereitete Louise keine Schwierigkeit, Sawyer-Kessie zu erkennen; Phils Beschreibung war erschöpfend gewesen, er hatte sogar die fleischigen Fingerknöchel nicht vergessen. Louise hatte sich den Mann größer vorgestellt. Sawyers Kraft saß in Nacken und Schultern, die jetzt unter dem Anzug und dem krawattenlosen weißen Hemd versteckt waren. Trotz des gebrochenen Nasenbeins und des Narbengewebes um Augen und Ohren sah er nicht sonderlich bedrohlich aus. Louise entspannte sich etwas. Vielleicht würde es nicht so schlimm werden.

Sawyer trat an die Theke. Er plauderte lässig mit dem Barkeeper und bestellte ein Bier. Er hob das Glas, schien dem Büffel zuzuprosten. Dann drehte er sich langsam auf dem Barhocker herum und musterte seine Umgebung.

Schließlich begegneten ihre Blicke einander.

Louise wußte nicht, wie Sawyer reagieren würde; eigentlich erwartete sie ein unternehmungslustiges Grinsen. Aber seine Miene blieb unbewegt, während er sie anschaute. Auch als sie die Beine andersherum übereinanderschlug und ihn kühn anstarrte, reagierte Sawyer nicht.

Jetzt oder nie, dachte sie.

Louise stand auf und ging zur Theke. Der Barkeeper war am anderen Ende mit einem Gast beschäftigt, der eine längere Anekdote erzählte.

Sawyer beobachtete sie noch immer, regungslos.

»Was dagegen, wenn ich mich hersetze?«

Sawyer hob gleichgültig eine Schulter.

Louise setzte sich. Sie legte ihre Handschuhe auf die Handtasche. Es war eine ihrer besten Taschen, und die Handschuhe waren weich wie Butter und sahen teuer aus. Mikes Anweisungen zufolge hatte sie sich für die Gelegenheit nicht allzu billig angezogen.

»Was dagegen, wenn ich mit Ihnen rede?« fragte sie.

»Worüber?« Seine Stimme klang pelzig.

»Über dies und das.« Louise versuchte ihm ein charmantes Lächeln zu schenken, aber sie spürte, daß es mißang.

»Ich mache mir nichts aus Geplapper«, sagte Sawyer.

»Das ist kein Geplapper. Sehen Sie, ich habe ein Problem. Das heißt, eine Freundin von mir hat ein Problem. Ich habe mir gedacht, Sie wüßten vielleicht, wie man ihr helfen kann.«

»Wieso ich?«

»Ich weiß nicht. Sie sehen danach aus.«

Sawyer schluckte sein Bier hinunter. Dann drehte er sich langsam ganz zu ihr um und sah sie mit stechendem Blick an.

»Na schön, Lady, wo drückt der Schuh?«

»Bitte, seien Sie nicht böse. Ich habe über dieses Lokal einiges gehört, wissen Sie, von anderen Leuten. Mehr möchte ich nicht sagen. Jedenfalls hat es geheißen, wenn ich wirklich in Schwierigkeiten – also, wenn meine Freundin wirklich in Schwierigkeiten ist, dann soll ich hierher kommen und mit der richtigen Person sprechen...«

»Und das bin ich?«

»Ja«, sagte Louise verlegen. Sie merkte, daß sie stotterte, aber das paßte zu der Rolle, die sie spielte.

»Und was will Ihre Freundin, Lady?«

»Hilfe«, sagte Louise. »Sie verstehen schon.«

»Nein.«

»Na ja, also, sie braucht gewissermaßen Medizin. Sie ist krank, sie braucht Medizin, aber sie weiß nicht mehr, wo sie die Medizin herkriegen soll. Da habe ich mir gedacht –«

Der Barkeeper näherte sich ihnen. Sawyer nahm sein Bierglas und schickte sich an, davonzuschlendern. Einen Moment lang dachte Louise, sie habe verspielt, aber er drehte sich um und sagte: »Setzen wir uns drüben hin.«

Sie gingen zu ihrer Nische. Nachdem sie Platz genommen hatten, beugte er sich näher zu ihr, und sein Mund verzerrte sich zu einem plötzlichen Grinsen.

»Sie brauchen einen Shot, was?« sagte er.

»Wie bitte?«

»Quatsch beiseite, Lady, quasseln Sie kein Libretto vonwegen Freundin und dergleichen. Wenn Sie 'nen Shot brauchen, dann sagen Sie's, und basta.«

Louise schloß die Augen wie eine Frau, die wirklich und wahrhaftig in Bedrängnis ist.

»Also gut«, sagte sie dumpf. »Ja.«

Sawyer stieß ein trockenes Meckern aus. Dann hörte er plötzlich damit auf und riß ihr grob die Tasche unter den gefalteten Händen weg. Bevor Louise protestieren konnte, hatte er sie geöffnet und schüttete den Inhalt auf die Plastiktischdecke. Mit geübten Fingern durchwühlte er das Häufchen.

»Was machen Sie da?«

»Nachsehen«, sagte Sawyer.

Sorgfältig inspizierte er ihre Brieftasche, einschließlich des Geldes, das sich darin befand. Es waren fast zweihundert Dollar in kleinen Scheinen. Er zählte alles schnell nach, dann stopfte er es wieder in die Fächer der Brieftasche. Sogar ihren Lippenstift und die Puderdose untersuchte er. Dann schob er ihr die leere Handtasche zu.

»Gehen Sie nach Hause«, sagte er.

»Was?«

»Sie haben's gehört, Lady, gehen Sie nach Hause. Sie sind an den Falschen geraten.«

»Hören Sie, man hat mir gesagt, Sie könnten mir helfen, man hat Sie mir beschrieben –«

»Wer ist ›man‹?«

»Meine Freunde.«

»Aha«, sagte Sawyer. »Nett, wenn man Freunde hat, wie?«

»Ich weiß, was Sie denken, aber Sie irren sich. Ich habe nichts mit der Polizei zu tun –«

»Lady, Sie haben sich geirrt, und aus. Nichts für ungut.«

»Aber Sie müssen mir helfen!« drängte Louise. »Ich bin verzweifelt. Ich zahle Ihnen, was Sie wollen –«

Aber Sawyer hatte sich bereits erhoben. Er streckte die Arme aus und gähnte herzhaft. Dann trottete er zur Theke zurück, legte eine Münze hin und verließ das Lokal.

Einfach so.

Und Louise Capice, die in der Nische vor dem ausgeleerten Inhalt ihrer Handtasche saß, war mehr als verblüfft; sie war wie vor den Kopf geschlagen.

Was, um Himmels willen, hatte sie falsch gemacht?

Die nächste Überraschung folgte bald darauf. Mike grinste und sagte: »Du hast gar nichts falsch gemacht.«

»Aber es war ein Reinfall, Mike!« protestierte Louise. »Er hat mir kein Wort geglaubt. Er hat sofort gemerkt, daß es irgendeine Falle sein könnte –«

Phil blickte im höchsten Maße bestürzt drein. »Aber wie ist das möglich? Was hast du zu ihm gesagt? Was hat er in deiner Tasche gefunden?«

»Das übliche, nichts weiter.« Sie blickte fragend auf Mike. »Du hast doch gesagt, ich soll nicht verheimlichen, wer ich bin?«

»Stimmt. Und die Tatsache, daß er deine Handtasche durchsucht hat, bedeutet nicht, daß er Verdacht schöpfte, sondern nur, daß er vorsichtig war. Du hättest eine Polizeibeamtin sein können, und vielleicht hat er nach einem Dienstausweis gesucht –«

»Aber hätte eine Polizeibeamtin ihren Dienstausweis in der Handtasche mit sich herumgetragen?«

»Ich habe gesagt, ›vielleicht‹ – mit Sicherheit kann ich nichts behaupten. Sawyer hat bestimmt schon massenhaft Erfahrungen mit der Polizei sammeln können.«

»Aber was hat er dann gesucht?«

Mike sagte: »Meiner Ansicht nach wollte er einfach wissen, wer du bist.«

Phil, der nachdenklich dasaß, nahm Louises Handtasche und durchsuchte sie nun seinerseits. Er brachte ihre Brieftasche zum Vorschein, schlug sie auf und studierte Kreditkarten, Scheckkarte, Führerschein, Bibliotheksausweis. Überall stand klar und deutlich: ›Mrs. Louise Capice, Orchard Hill‹.

»Dann weiß er also, wer Louise ist«, murmelte er. »Glaubst du, er wird sich wieder an sie wenden, um ihr Rauschgift zu verkaufen?«

»Nein«, sagte Mike. »Ich glaube, Sawyer ist nicht mehr in dieser Branche tätig. Heutzutage gibt er sich mit Geschäften ab, die einträglicher sind und kein so großes Risiko erfordern.«

»Erpressung«, sagte Louise.

»Stimmt«, nickte Mike. »Und es würde mich nicht wundern, wenn ihr demnächst eine Einladung zu einem Klavierabend bekämt.«

Sie brauchten nicht lange zu warten, bis Mikes Vorhersage sich bewahrheitete. Am nächsten Nachmittag bekam Louise eine Einladung, und zwar übers Telefon.

»Mrs. Capice?« Sie erkannte die tiefe, pelzige Stimme auf Anhieb.

»Ja?« antwortete sie. Sie war allein im Haus, und unwillkürlich lief es ihr kalt den Rücken hinab.

»Sie kennen mich nicht, Mrs. Capice, aber wir haben

gestern abend miteinander geplaudert. In der ›Western Bar‹.«

»Ja. Ja, ich erinnere mich.«

»Mein Name ist Sawyer, Mrs. Capice. Ich habe nachgedacht über das, was Sie mir erzählt haben – von Ihrer kranken Freundin. Ich möchte mich gern mit Ihnen über Ihre Freundin unterhalten. Ließe sich das machen?«

Louise schluckte und meinte: »Das läßt sich ganz bestimmt machen. Wieder dort?«

»Nein, das nicht. Die ›Western Bar‹ ist kein Ort für eine Lady wie Sie. Wie wär's, wenn ich zu Ihnen komme? Orchard Hill, stimmt's?«

»Nein«, sagte sie prompt, »das ist ausgeschlossen.«

»Wieso denn? Ihr Mann, weiß der vielleicht nicht Bescheid über die Krankheit Ihrer Freundin?«

»Doch, aber –«

»Sie möchten einfach nicht, daß ich mich bei Ihnen blicken lasse, stimmt's? Na schön, das kann ich verstehen. Dann wird es also bei mir sein müssen, Mrs. Capice.«

Er nannte ihr eine Adresse und eine Zeit und legte auf, bevor sie weitere Fragen stellen oder widersprechen konnte.

Sie versuchte, Phil zu erreichen, aber der war unterwegs bei der Besichtigung irgendwelcher Objekte für seine Immobilienfirma. Dann rief sie in Mikes Büro an, aber der Anwalt hatte gerade bei Gericht zu tun. Ungeduldig wartete sie eine Stunde lang auf das Klingeln des Telefons und wurde schließlich durch einen Anruf ihres Mannes belohnt.

Atemlos berichtete sie die Neuigkeit und fügte hinzu: »Phil, Mike hatte also recht. Sawyer hat sich über mich erkundigt, und jetzt plant er den nächsten Schachzug –«

»Du gehst dort nicht hin«, entschied Phil kategorisch.
»Aber, Liebling –«
»Du gehst nicht«, wiederholte er. »Einmal genügt. Louise, ich werde Mike bitten, die Aktion abzublasen, sofort. Bevor die Sache zu gefährlich wird.«

Noch am selben Abend kamen sie zusammen, und Mike nahm Phil den Wind aus den Segeln, indem er die gleiche Meinung äußerte.

»Nein«, sagte er. »Ich möchte nicht, daß du zu ihm gehst, Louise. Wir können nicht vorhersehen, was er im Schilde führt.«

»Aber Mike!« widersprach Louise. »Nach all der Mühe sollen wir die Sache einfach abbrechen? Und was ist mit Adrienne und Tony Jerrick? Wenn wir nichts unternehmen, wird man ihn vielleicht zum Tode verurteilen...«

»Tut mir leid«, erwiderte Mike ruhig. »Für einen Klienten tue ich alles, aber ich lasse nicht zu, daß meine Freunde Kopf und Kragen riskieren.«

»Noch dazu so einen hübschen Kopf«, sagte Phil und streichelte Louise. Die schnurrte zwar, aber sie blickte noch immer unzufrieden drein.

»Können wir denn gar nichts unternehmen?«

»Nun ja, wir könnten versuchen, Sawyer zu erreichen und ihn wissen zu lassen, daß du dich anders besonnen hast...«

Sie riefen die ›Western Bar‹ an und hatten Glück. Sawyer war dort. Louise teilte ihm mit, sie könne die Verabredung nicht einhalten, aber er ließ sich nicht entmutigen.

»Das ist sehr schade, Mrs. Capice«, sagte er. »Denn was ich mit Ihnen besprechen wollte, ist sehr wichtig. Sehen

Sie, ich weiß, daß Ihre Familie in Monticello ganz oben ist –«

»Was hat meine Familie damit zu tun?«

»Vielleicht sogar sehr viel. Ich meine, Ihr alter Herr ist Winston Grimsley, stimmt's?«

»Ja.«

»Eine wichtige Persönlichkeit in unserer Stadt. Und Ihr Mann ist äußerst erfolgreich auf dem Immobilienmarkt tätig, nicht wahr?«

»Ich begreife nicht, was das –«

»Und Sie, Mrs. Capice, würden doch bestimmt nicht wollen, daß das Ansehen einer so lieben Familie bedroht wird. Sehen Sie mal, diese Krankheit, unter der Sie leiden, das ist doch schließlich eine Privatangelegenheit, und Sie würden doch bestimmt nicht wollen, daß das an die große Glocke gehängt wird, in aller Öffentlichkeit.«

»Was soll das heißen?«

Louise entfernte den Hörer vom Ohr, und Mike und Phil konnten Sawyers leises Meckern vernehmen.

»Auch ich habe meine Beziehungen in dieser Stadt, Mrs. Capice. Und die Leute, zu denen ich Beziehungen habe, sind immer interessiert an Menschen wie Ihnen, die Dreck am Stecken haben. Sie verstehen, was ich meine?«

»Nein!«

»Rauschgiftsüchtige«, sagte Sawyer grob. »Süchtige aus besseren Kreisen, die sich in ihren Klassevillen verstecken, in ihren langärmeligen Kleidern, und immer genug Geld für einen Shot haben, wenn sie einen brauchen, und Protektion an allen Ecken und Enden. Tja, ich kann das alles ändern, Mrs. Capice, ich kann Ihr kleines Geheimnis hinausposaunen, und zwar fortissimo. Und das werde ich auch, verlassen Sie sich drauf!«

»Nein, das dürfen Sie nicht! Warum sollten Sie so etwas tun?«

»Warum nicht? Warum sollen immer nur die armen Teufel dran glauben? Warum nicht auch ein paar feine Damen? Die sind doch genauso schuldig, oder? Was die machen, ist genauso illegal, oder nicht?«

»Aber Sie sind ja auch nicht besser als ich! Sie verkaufen das elende Zeug –«

»Ich?« Sawyer wies die Anschuldigung weit von sich. »Wie können Sie so etwas sagen, Mrs. Capice, das ist ja geradezu beleidigend. Ich rühre den Stoff nie an, ich bestimmt nicht. Ich habe eine makellos saubere Weste. Und wenn Sie das gleiche weiterhin von sich behaupten wollen, werden Sie sich zu ein paar Spenden bereit finden müssen –«

»Also Erpressung!«

»Was denn?« beklagte sich Sawyer. »Immer diese harten Worte! Ich spreche von einer Unterstützung, Mrs. Capice. Für kulturelle Zwecke.«

»Und wenn ich ablehne?«

Sawyer atmete in den Telefonhörer hinein, sie konnte seinen heißen Atem förmlich spüren. »Das werden Sie sich gut überlegen, Lady; oder Sie werden was erleben. Die ganze Stadt wird etwas erleben. Also denken Sie gut nach – und sagen Sie Ihrem Mann, er wird bald eine Karte bekommen –«

»Eine Karte?«

»Eine Einladungskarte«, sagte Sawyer. »Zu einem Klavierabend. Hoffentlich mag er Musik.«

Dann legte er auf.

Fieberhaft erwarteten sie die Ankunft der Einladungskarte, und während sie warteten, nahm der Prozeß Tony Jerrick seinen Fortgang, nun schon den zweiten Tag, den dritten, den vierten.

Polizeichef Bill Marceau hatte beim Zusammentragen von Beweismaterial für Staatsanwalt Peter Quinn ganze Arbeit geleistet, und die Vertreter der Anklage erschienen wohlvorbereitet vor Gericht. Mit fast lässiger Eleganz legte Quinn die Beweise vor, aus denen Motiv und Gelegenheit sich schlüssig ergaben; konkretes Beweismaterial, aus dem ersichtlich war, daß Tony Jerrick sich zur Tatzeit am Tatort aufgehalten hatte. Man ließ Zeugen aussagen, die über die Feindschaft zwischen dem Ermordeten und dem Angeklagten im Bilde waren; über jeden Verdacht erhabene Zeugen wie Winston Grimsley, der wahrheitsgetreu berichtete, Walter Haven habe aufgrund dieser Feindschaft um sein Leben gefürchtet. Adrienne war von der Staatsanwaltschaft nicht vorgeladen worden, und der alte Tom Harvey, Tonys Anwalt, schwankte noch, ob ihre Aussage der Verteidigung seines Mandanten eher schaden oder nützen würde. Mike hatte den Fall mit Harvey unter vier Augen besprochen und war zur Überzeugung gelangt, daß man mit dem, was der Verteidigung zur Verfügung stand, keine Geschworenen beeindrucken konnte.

Am Nachmittag des vierten Tages traf die Karte endlich ein. Sie war an Phil Capice adressiert, und die einleitenden Worte klangen vertraut:

Sie sind herzlich eingeladen zur Teilnahme
an einem Klavierabend ...

Aber diese Einladung der ›Freunde Joachims‹ unterschied sich von der anderen doch in einem Punkt. Auf der Rückseite stand eine handgeschriebene Mitteilung:

*Sehr geehrter Mr. Capice,
angesichts Ihrer Vorliebe für klassische Musik nehme ich mit Sicherheit an, daß Sie diese besondere Darbietung nicht versäumen möchten. Wenn Sie die Güte hätten, eine halbe Stunde vor Beginn der Veranstaltung zu erscheinen, wäre es mir ein Vergnügen, Sie privat zu empfangen, um über unsere gemeinsamen Interessen zu plaudern. Darauf freut sich schon jetzt Ihr ergebener*

Joachim Fry

»Nun«, sagte Phil. »Unser Fisch zappelt an der Leine. Wie sollen wir ihn einholen?«

»Phil kann nicht in das Konzert gehen«, gab Louise zu bedenken. »Mike, du weißt doch, man würde ihn erkennen —«

»Natürlich kann er nicht hingehen«, sagte Mike. »Aber ich sehe keinen Grund, der mich davon abhalten könnte, einen Abend lang Mr. Phil Capice zu sein. Oder?«

Nancy mußte eingeweiht werden. Viel zu oft wurde Mikes Seelenfrieden durch die Entscheidung gestört, bis zu welchem Grad er Nancy über seine Klienten und deren Probleme ins Vertrauen ziehen sollte; normalerweise erleichterte sie ihm die Entscheidung dadurch, daß sie kaum Fragen stellte, auch wenn die Neugier sie fast verzehrte. Aber Adrienne Haven war eine höchst ungewöhnliche Klientin, und was ihr Anwalt vorhatte, war in seiner Art ebenfalls so ungewöhnlich, daß man es nicht geheimhalten konnte.

Als sie von Mikes Plan hörte, äußerte Nancy zunächst einmal Besorgnis.

»Das kommt mir aber sehr riskant vor, Mike«, sagte sie.

»Einfach hingehen und sich für jemanden ausgeben, der man nicht ist ... Der arme Phil hat dabei draufgezahlt.«

»Phil war nicht auf alle Möglichkeiten vorbereitet«, argumentierte Mike. »Ich bin es. Das ist ein riesiger Unterschied, Schatz.«

»Und was nützt es schon, wenn du zu dem Konzert gehst? Dieser Wahnsinnige wird dir Walter Havens schwarzes Geheimnis bestimmt nicht verraten ...«

»Umsonst nicht, nein.«

Zu ihrer Besorgnis kam jetzt noch Verblüffung. »Du wirst dich doch nicht etwa – mit ihm einigen? Du kannst ihm doch nicht gut versprechen, ihn nicht anzuzeigen, falls er dir die gewünschten Informationen liefert?«

»Auf so einen Kuhhandel kann ich mich natürlich nicht einlassen, nicht wahr?« Er legte den Arm um sie. »Schau, Nancy, alles, was ich weiß, ist, daß Walter Haven zu ›Joachims Freunden‹ gehört hat und erpreßt worden ist. Ich muß herausfinden, weshalb. Was den Erpresser selbst anbetrifft – mit diesem Problem kann sich später Bill auseinandersetzen.«

»Du hast Bill nichts von heute abend erzählt, stimmt's?«

»Na ja«, sagte Mike. »Du kennst doch Bill. Er würde sofort eine Razzia veranstalten. Er ist immer für den direkten Weg.«

Vorsichtig wandte Nancy ein: »Das ist vielleicht der beste, Mike.«

»Ja, sicher, manchmal. Aber nicht in diesem Fall.« Er lächelte ihr aufmunternd zu. »Sieh mal, Schatz, ich verspreche dir, daß ich heute abend nicht viel riskieren werde. Weißt du übrigens, was bei der ganzen Angelegenheit am unangenehmsten ist?«

»Was?«

»Daß ich meinen Smoking aus dem Mottensack nehmen muß.«

Eine Stunde später war er fertig angezogen. Nancy nahm ihn in Augenschein und gab der schwarzen Krawatte den letzten Schick.

»Du siehst hinreißend aus«, sagte sie, aber die Besorgnis war noch nicht aus ihren Augen gewichen.

Aus diesem Grund verschwieg Mike einen Ausrüstungsgegenstand, den Nancy nicht zu Gesicht bekommen hatte. Er trug einen Revolver bei sich.

II

Der Butler namens Sawyer musterte Mike derart eingehend, daß er sich sofort unbehaglich fühlte. Strafverteidiger waren zwar keine Berühmtheiten wie Filmstars, aber Mikes Bild war natürlich schon öfter in Zeitungen und Zeitschriften erschienen. War etwa ein Profi vom Schlage Sawyers darauf bedacht, solche Gesichter im Gedächtnis zu behalten?

Die Krise dauerte nicht lange. Sawyers klobige Visage verzog sich zu einem Grinsen, und er sagte: »Treten Sie ein, Mr. Capice. Mr. Fry erwartet Sie schon.«

Er führte Mike durch den Korridor, durch das Vorzimmer, das Phil – inklusive Jugendstillampe – beschrieben hatte, in einen Raum, der vor lauter Unordnung kaum mehr bewohnbar schien.

»Mr. Capice.«

In dem gedämpften Licht sah Mike, wie eine schlanke, adrette Gestalt sich aus einem über und über bestickten Ohrensessel erhob.

»Ich bin Joachim Fry«, sagte sein Gegenüber mit einer angenehmen Stimme. »Entschuldigen Sie die Dunkelheit hier drin, aber ich gönne meinen Augen vor dem Auftreten immer Entspannung.«

»Ich habe nichts dagegen«, sagte Mike.

»Nur wenige bringen dafür Verständnis auf. Für die – Konzentration, die beim Klavierspielen erforderlich ist. Hinterher leide ich meist unter gräßlichen Kopfschmerzen. Spielen Sie auch?«

»Nein.«

»Schade«, sagte Fry. »Das ist das einzige, was ich an meiner kleinen Gruppe bedaure. Ich meine ›Joachims Freunde‹. Alles reizende Leute, versteht sich, aber keiner von ihnen ist auch nur im geringsten musikalisch. Peinlich, unmusikalische Mäzene zu haben, finden Sie nicht?«

»Mäzene«, wiederholte Mike. »So nennen Sie die Leute also?«

»Aber gewiß doch. Sehen Sie, ich veranstalte diese Abende in zwangloser Folge, für gewöhnlich einmal im Monat, manchmal auch öfter, wenn die Situation es erfordert – etwa die Aufnahme eines neuen Mitglieds...«

»Wie mich, zum Beispiel?«

»Nun, ich hoffe sehr, Sie von nun an als Mitglied begrüßen zu dürfen, Mr. Capice. Mr. Sawyer hat mir alles über Sie erzählt – und über Ihre Frau natürlich...«

Mike beschloß, nicht gleich klein beizugeben.

»Ich habe keine Ahnung, wovon Sie reden. Ich kenne diesen Sawyer nicht. Ich weiß nur, daß er meine Frau belästigt hat. Und der einzige Grund, warum ich Sie heute abend aufgesucht habe –«

»Aber ja, gewiß doch, ich verstehe«, sagte Fry und wirkte peinlich berührt. »Mr. Sawyers Manieren lassen mitunter zu wünschen übrig. Aber ich hoffe sehr, Sie sind sich dessen bewußt, daß Ihre Beiträge einem wertvollen kulturellen Zweck dienen werden –«

»Beiträge! Sie sprechen von Erpressung, nicht wahr?«

»Aber ich bitte Sie, Mr. Capice! ›Joachims Freunde‹ sind eine vollkommen legitime Vereinigung. Ihre Spenden können Sie im übrigen sogar von der Steuer absetzen.« Er entblößte lächelnd die Zähne. »Sie sehen also, wenn Ihre Einkommensverhältnisse dementsprechend sind – und die Ihren sind es, Mr. Capice, das weiß ich –, dann werden Sie die kleine Spende in der Höhe von tausend Dollar kaum spüren –«

»Tausend Dollar? Sind Sie von Sinnen?«

»Sie können auch mit Scheck zahlen, wenn Ihnen das lieber ist. Wie gesagt, die ganze Angelegenheit ist durchaus legitim –«

»Und was geschieht, Mr. Fry, wenn ich Ihr legitimes Spielchen nicht mitspiele? Wenn ich es vorziehe, zu Joachims Feinden zu gehören?«

»Ach, du meine Güte«, sagte der Pianist. »Es wäre wirklich besser, Mr. Capice, wenn Sie nicht in diesem Ton sprächen –«

»Ich spreche aber nun mal so. Warum soll ich Sie bezahlen? Ich habe nicht mal was übrig für Klaviermusik.«

»Hat Mr. Sawyer denn nicht erklärt –?«

»Doch«, sagte Mike, und seine Bitterkeit klang echt. »Er hat erklärt, daß er meine Frau als Rauschgiftsüchtige anprangern wird. Daß er sie bei der Polizei anzeigen, daß er die Zeitungen informieren und ihren Namen in den Schmutz ziehen wird ...«

Mr. Fry wischte sich das Gesicht, erdrückt von der Häßlichkeit des Gesprächsthemas.

»Na gut«, knurrte Mike. »Ich sehe schon, Sie lassen mir keine andere Wahl. Ich bin genauso übel dran wie Walter Haven –«

Der Pianist erstarrte.

»Wer?«

»Sie brauchen mir nichts vorzumachen. Ich weiß, daß Haven einer von Ihren ›Mäzenen‹ war. Der Mann, der ermordet worden ist –«

»Das ist nicht wahr!«

»Ich kannte Haven, und ich weiß, daß er zu Ihren ›Freunden‹ gehört hat. Ich habe eine von Ihren Einladungen bei ihm zu Hause gesehen –«

»Das ist eine schmutzige, abgeschmackte Lüge!« rief Fry schrill. »Wer hat Ihnen diesen Bären aufgebunden?«

»Ich bitte Sie, was liegt schon daran, wo ich es doch weiß? Was spielt es für eine Rolle?«

»Es liegt sehr viel daran!« schnappte Fry. »Wir sind in dieser Beziehung sehr vorsichtig, wir respektieren die Intimsphäre jedes einzelnen!« Seine Stimme steigerte sich zum Falsett. »Niemand wird je erfahren, wer Sie sind, und umgekehrt ... Sawyer!«

Der Butler erschien, als habe er Frys Aufforderung vorausgeahnt; er trug eine weiche, schwarze Maske in der Hand.

»Sehen Sie?« sagte Fry. »Sie werden während der Darbietung diese Maske tragen. Auf diese Weise ist niemand in der Lage, Sie zu identifizieren.«

»Sehr fürsorglich«, meinte Mike sarkastisch.

Sawyer hielt ihm die Maske hin. »Sie gehört Ihnen, Sir. Bitte, bringen Sie sie jedesmal mit.«

»Legen Sie sie an«, sagte Fry nervös. »Legen Sie sie an und gehen Sie hinein, Mr. Capice. Ich muß mich für der

Auftritt fertigmachen. Heute abend ist das ›Brandenburgische‹ an der Reihe, und das erfordert höchste Konzentration ...«

»Sie haben noch immer nicht meine Frage beantwortet.«

Sawyers Pranke umschloß Mikes Ellenbogen.

»Sie haben Mr. Fry gehört«, sagte der Butler. »Kommen Sie, Mr. Capice.«

Mike zuckte die Achseln, legte die Maske an und folgte Sawyer in den Vortragsraum.

Drei Personen waren bereits anwesend, dunkelgekleidete Gestalten mit schwarzen Masken.

Mike nahm Platz und wartete auf das Erscheinen der restlichen ›Freunde‹.

Zwanzig Minuten später, nachdem das maskierte Publikum auf sieben angewachsen war, trat Joachim Fry durch den Vorhang, der ihn von seinem Flügel und seinen ›Mäzenen‹ trennte. Fry begrüßte die Anwesenden mit einer anmutigen Verbeugung und trug ein Lächeln von so engelhafter Unschuld zur Schau, daß Mike an der Geistesgestörtheit des Mannes nicht länger zweifelte.

»Meine Herren«, sagte er, »es ist mir eine Ehre, den heutigen Abend mit Johann Sebastian Bachs Erstem Brandenburgischen Konzert zu eröffnen. Die Klavierbearbeitung stammt von meiner Wenigkeit.«

Die einzige Antwort bestand aus vielstimmigem Murren und Stöhnen. Ungerührt machte Fry es sich auf der Klavierbank bequem, entspannte seine Finger in der Luft und begann zu spielen.

Mike war kein Kenner, aber es leuchtete ihm ein, daß Phils Beschreibung zutreffend gewesen war: Fry beherrschte das Instrument, und auch wenn seine kleinen

Finger manchmal abglitten, so störte das doch nicht den Gesamteindruck. Eine Zeitlang, als Fry das pulsierende Allegro spielte, ertappte Mike sich dabei, daß er aufmerksam zuhörte. Aber als der langsame Satz begann, fiel ihm der Zweck des Konzerts wieder ein – und der Entschluß, den er beim Betreten des Backsteingebäudes gefaßt hatte.

Er betrachtete die unruhigen maskierten Gestalten im Raum und musterte den Eingang. Vom Butler war nichts zu sehen.

Langsam, fast in Übereinstimmung mit dem getragenen Rhythmus der Musik, betastete Mike den kleinen Revolver in seiner Tasche und erhob sich.

»Besten Dank, Mr. Fry, das genügt.«

Frys Hände erstarrten auf den Tasten. Die Konzentration, von der er gesprochen hatte, war deutlich spürbar; Schweißtropfen hatten sich auf seiner Stirn gebildet. Er wandte sich den Zuhörern zu.

»Was fällt Ihnen ein?« fragte er flüsternd. »Wie können Sie es wagen, Bach zu unterbrechen?«

»Tut mir leid«, sagte Mike geradeheraus. »Die Musik ist ja nicht übel, Mr. Fry, aber ich glaube, niemand genießt sie so recht.«

»Stimmt genau«, murmelte jemand.

»In Wirklichkeit«, fuhr Mike fort, »fühlt sich nämlich niemand hier wohl, Mr. Fry, bei keinem Ihrer Konzerte; daran sollten Sie sich endlich gewöhnen.«

»Setzen Sie sich«, sagte Fry mit zusammengebissenen Zähnen. »Setzen Sie sich, oder ich –«

»Oder was?« fragte Mike. »Oder Sie machen Ihre Drohung wahr?«

Fry stand zitternd auf und war so verwirrt, daß er mit seinen Fingern aus Versehen die Tasten berührte.

»Sie wissen nicht, was Sie tun! Ich habe Ihnen doch gesagt –«

»Ich weiß, was Sie mir gesagt haben! Wenn ich das Spielchen nicht brav mitmache wie Ihre übrigen ›Mäzene‹, bereiten Sie meiner Frau die Hölle auf Erden. Nun, von mir aus können Sie tun, was Sie wollen, Mr. Fry.«

Mike nahm seine Maske ab.

Das war an sich eine ganz einfache Sache. Aber in diesem Raum wirkte die Geste dermaßen dramatisch, daß alle Anwesenden hörbar die Luft einzogen.

»Bitte, meine Herren«, wandte er sich an sie. »Sehen Sie mich gut an. Ich verstecke mich nicht hinter einer Maske, und Sie sollten es auch nicht tun. Ich pfeife darauf, womit dieser Spinner Sie in der Hand hat, jedenfalls sollten Sie nicht vor ihm in die Knie gehen –«

»Sawyer!« kreischte Joachim Fry.

Mike blickte zum Eingang. Er hatte insgeheim gehofft, Sawyer alias Kessie möge seinen Dienst für diesen Abend beendet haben, doch der Butler war zur Stelle. Er füllte den Türrahmen aus, sah größer und kräftiger aus als je zuvor. Knurrend betrat er den Raum, aber Mike sorgte dafür, daß er nicht weit kam. Er zog den Revolver.

»Stehenbleiben«, befahl er.

»Ein Bulle!« schrie Fry. »Sawyer, Sie Idiot, Sie haben einen Bullen hereingelassen –«

»Nein«, sagte Mike, »ich bin nicht von der Polizei, Mr. Fry. Ich bin nur ein Mann, der sich nicht erpressen läßt. Und so wie ich denken alle hier in diesem Zimmer, es fehlt nur noch der letzte Entschluß zum Handeln...« Er blickte auf den Mann neben sich hinunter. »Los«, sagte er. »Nehmen Sie die Maske ab.«

»Ich kann nicht!« rief jemand.

»Doch, Sie können! Mir ist es egal, wer Sie sind, und den übrigen hier ist es auch egal ...«

Im Hintergrund erhob sich ein untersetzter Mann so heftig, daß sein Klappstuhl umkippte.

»Er hat recht!« sagte er. »Bei Gott, er hat recht! Wir sind ja alle Idioten ...« Und er nahm seine Maske ab. Sein rundes Gesicht war rot, seine Backen wirkten wie Äpfel, aber seine Miene hatte ganz und gar nichts Cherubinisches.

»Na los«, wandte sich Mike an die andern. »Nehmen Sie Ihre Masken ab!«

»Lieber nicht«, warnte Sawyer. »Laßt euch von diesem Kerl nicht überfahren, sonst könnt ihr euch grün und blau zahlen ...«

Aber ein weiterer Mann nahm die Maske ab und dann noch einer.

»Sawyer!« rief Fry und stützte sich auf den Flügel. Aber er konnte sein Zittern nicht unterdrücken. »Mach dem ein Ende, John. Los, mach schon!«

Der Butler atmete tief ein, spannte die Brust wie ein Gorilla, aber Mike hielt den Revolver auf ihn gerichtet.

»Bleiben Sie, wo Sie sind, Mr. Sawyer. Die Demaskierung ist nicht mehr aufzuhalten ...«

Ein vierter Mann machte eine zögernde Bewegung und nahm seine Maske ab, blickte die anderen schuldbewußt an.

Die beiden letzten folgten seinem Beispiel.

»Sawyer«, brachte Fry kraftlos hervor und sank auf die Klavierbank. »Sie haben alles zunichte gemacht. Und du hast es zugelassen ...«

»Aber es ist noch nicht vorbei«, grollte der Untersetzte. »Es wird nie vorbei sein, solange der da frei herumläuft.

Er schritt auf den Flügel zu. Sawyer, von Mikes Waffe in Schach gehalten, konnte ihn nicht zurückhalten. Die anderen sahen fasziniert zu.

»Mein Gott, so hilf mir doch!« schluchzte Joachim Fry. »Sawyer, die bringen mich um!«

»Einen Moment«, sagte Mike unbehaglich. »Machen Sie es nicht so –«

Der Untersetzte fragte zurück: »Wie sonst?« Er packte den Pianisten mit beiden Händen an den Schultern und zerrte ihn hoch. Fry kreischte wie ein altes Weib.

»Rühren Sie mich nicht an, Sie! Nehmen Sie Ihre Pfoten weg!«

Ob es ihm nun recht war oder nicht, Mike sah sich veranlaßt, zugunsten des Erpressers einzuschreiten.

»Lassen Sie«, sagte er. »Machen Sie es nicht noch schlimmer.«

Aber der bullige Mann hatte den Pianisten schon bei der Gurgel gepackt und lockerte seinen Zugriff nur so weit, daß Fry stammeln konnte: »Tun Sie mir nichts! Bitte! Ich tue, was Sie wollen ... Ich gebe Ihnen Ihr Geld zurück ...«

»Halt's Maul!« knurrte Sawyer von der Tür her.

Jetzt schritten auch die anderen Opfer auf Fry zu. Das Vorgehen des bulligen Mannes hatte ihnen Mut gemacht.

»Lassen Sie ihn los«, warnte Mike. »Lassen Sie Fry am Leben für die Polizei –«

»Ja!« heulte Fry auf. »Ich stelle mich der Polizei, das schwöre ich! Ich tue alles, was Sie wollen ...«

Sawyer stieß wütend einen Fluch aus. Einen Moment lang ließ Mike, der sich um das Schicksal des Erpressers Sorgen machte, den Butler aus den Augen. Das war ein katastrophaler Fehler. Sawyer warf sich in Mikes Richtung, und seine Linke landete wie ein Hammer auf Mikes Hand, die den Revolver hielt. Die Waffe fiel lautlos zu Boden und rutschte weg, während Mike eine Sekunde lang starr vor Schmerz dastand. Er sah, wie Sawyer die Waffe aufhob; dann schlug der Butler Mike mit dem Kolben auf den Kopf, ohne den Schwung seiner Bewegung zu unterbrechen.

Und das war das letzte, was Mike für eine Weile wahrnahm.

Als er wieder zu sich kam, war das Zimmer leer. Die umgeworfenen Klappstühle, die wie tote Insekten aussahen, legten Zeugnis ab von der überstürzten Flucht des Konzertpublikums. Sawyer war ebenfalls verschwunden, aber er hatte Mikes Revolver zurückgelassen. Die Waffe lag neben dem leblosen Körper von Joachim Fry.

Mike stand auf, so schnell es ihm das Pochen in seinem Schädel erlaubte. Er war überzeugt, daß Fry tot war. Die Hemdbrust war blutdurchweicht, aber ein stockendes Stöhnen belehrte ihn, daß der Pianist noch immer um sein Leben rang. Mike beugte sich über ihn, rief ihn beim Namen.

»Sawyer«, winselte Fry, »hat auf mich geschossen ...«

»Sie werden durchkommen«, sagte Mike. »Ich hole einen Arzt –«

»Er hat gedacht, ich verpfeife ihn«, sagte Fry. Tränen rannen über seine Wangen. »So etwas würde ich nie tun – einen Freund verraten.«

»Fry, hören Sie mich an, bitte. Ich kann Ihnen jetzt nicht alles erklären, aber ein Mann kämpft vor Gericht um sein Leben. Er ist eines Verbrechens angeklagt, das er nicht begangen hat – das nie begangen wurde –«

»Nein, nein!« stieß Fry hervor. Seine Brust hob und

senkte sich. Blut zeigte sich an den Mundwinkeln. »Ich habe kein Verbrechen begangen, es waren Spenden, freiwillige Spenden für meine Musik ...«

Mike sah, wie Frys Blick sich trübte, und erkannte, daß der Pianist das Ringen mit dem Tod verlieren würde.

»Bitte, Fry, hören Sie mich an. Ich spreche nicht von Ihnen. Ich spreche von Tony Jerrick, den man des Mordes an Walter Haven anklagt. Ich weiß, Haven war einer von Ihren ›Freunden‹ ...«

»Nein«, wisperte Fry, und Mike war sich nicht sicher, worauf sich das Leugnen bezog.

»War Haven rauschgiftsüchtig? Haben Sie ihn deshalb erpreßt?«

»Musik«, lallte Fry, »Kraft und Schwung ... Bach ... Tschaikowsky ... Habe das Klavierkonzert in der Hollywood Bowl gespielt ... Hast du das gewußt, John?«

Mike mußte gegen sein Mitleid mit dem Sterbenden ankämpfen, mußte sich zwingen, die Frage zu wiederholen.

»Sie müssen es mir sagen. War Walter Haven süchtig? Hatte er Angst, man würde dahinterkommen, es könnte seine Chancen ruinieren, bei den Wahlen zu kandidieren? Hat Ihr Freund John ihm Rauschgift verkauft?«

»Nein, nein«, stöhnte Fry. »Lassen Sie mich in Ruhe, bitte! Diese Frau, diese Frau! Die eitle, alberne Frau!« In seinen Zügen spiegelte sich Entsetzen, und er starrte Mike an. »Bitte! Sie müssen es John sagen! Sie müssen ihm sagen, daß ich ihm nicht böse bin, daß er heimkommen soll. Ja?« flüsterte er. Dann warf er einen letzten schwachen Blick auf den Flügel und schloß die Augen.

Sacht bettete Mike Frys Kopf auf den Teppich und stand auf.

»Ach so«, sagte er laut, als spreche er zu dem Toten. »Das also ist die Antwort. So mußte es ja sein. Die eitle, alberne Frau ...«

Im Korridor fand er ein Telefon. Als erstes rief er Bill Marceau in seiner Dienststelle an. Aber die Ermahnungen des Polizeichefs, am Tatort auszuharren, schlug er in den Wind. Statt dessen verließ er schleunigst das Backsteinhaus und hielt ein Taxi an.

12

»Mike, das ist nicht Ihr Ernst!«

Adrienne hielt noch immer den Zierverschluß der Cognacflasche in der Hand. Das Licht der Schreibtischlampe in Walter Havens Arbeitszimmer brach sich an seinen geschliffenen Kanten und ließ ihn funkeln wie einen riesigen Brillanten.

Mike schaute zur Tür hinüber. Sie war geschlossen, und es befand sich kein Personal im Haus, aber Mike sprach trotzdem leise weiter.

»Ich habe die Wahrheit schon erraten, als ich von John Kessies eigentlichem Beruf erfuhr. Es gab Anzeichen, Symptome, Hinweise, die ich bemerkt, aber als unwichtig beiseite geschoben hatte. Doch beim Stichwort ›Rauschgift‹ kamen mir all diese Symptome wieder in den Sinn.«

»Aber Sie haben falsch geraten«, sagte die Frau barsch. Sie stieß den Zierverschluß in die Flasche, Glas rieb sich an Glas. »Es ist das Dümmste, was ich je gehört habe. Um Himmels willen, Mike – sehen Sie mich doch an! Sehe ich aus wie – wie eines von diesen Geschöpfen?«

»Ich war überzeugt, es sei Walter«, erklärte Mike, »de

das Zeug heimlich nahm. Oder daß er vielleicht von dem Laster geheilt war und Angst hatte, seine Vergangenheit könnte ruchbar werden, ein politischer Gegner könnte davon erfahren. Aber es war nicht Walter, Adrienne.«

»Das können Sie nicht mit Sicherheit behaupten! Walter ist tot und begraben –«

»Auf einmal sind mir Ihre plötzlichen Schwächeanfälle wieder eingefallen, Ihre Abhängigkeit von Aufmunterungspillen, die jähen Fieberattacken, die langärmeligen Kleider, die Sie immer tragen –«

»Das wird ja immer kurioser«, kommentierte sie sarkastisch. »Mike, ich habe nie behauptet, ich sei gesund. Und ich mag nun mal Kleider mit langen Ärmeln.«

»Adrienne, können Sie mir glaubwürdig versichern, daß Ihr Körper keine Einstichspuren von Injektionsspritzen aufweist?«

»Sie sind unverschämt! Wirklich! Übrigens finden sich sehr wohl Einstichspuren. Aber daran ist nichts Illegales. Fragen Sie meinen Vater! Ich brauche Vitaminspritzen. Ununterbrochen Vitamin B und Eisen und all die Sachen...« Sie lachte nervös auf. »Es mag sein, daß ich herumlaufe wie ein lebendes Nadelkissen, aber das bedeutet noch lange nicht, ich sei – ich sei –«

»Süchtig«, ergänzte Mike ernst.

»Mike! Wie können Sie nur –«

»Die Vorstellung ist mir nicht leichtgefallen, Adrienne; es paßt so gar nicht zu Ihnen. Aber Sie gehören zu den vom Glück Begünstigten, nicht wahr? Sie haben es nicht nötig, die Umwelt Ihre Nöte merken zu lassen. Sie haben den Stoff immer bei der Hand, stimmt's? Es bereitet Ihnen keine Schwierigkeiten, sich genug zu verschaffen, um dauernd ›normal‹ zu sein.«

»Jetzt reicht es aber!« Ihre Antwort klang wirklich böse. »Ich habe keine Lust, Ihnen noch weiter zuzuhören. Wenn Ihnen als meinem Anwalt nichts Besseres einfällt –«

»Ich handle durchaus als Ihr Anwalt, Adrienne. Sie haben mich beauftragt, die Ursache herauszufinden, warum Ihr Mann unglücklich war, den Grund der Verzweiflung, die ihn zum Selbstmord getrieben hat. Aber Sie wußten von Anfang an Bescheid.«

»Nein!«

»Doch, Adrienne«, sagte Mike sacht. »Aber Sie haben mich im Kreis herumgejagt, bis ich von selbst dahintergekommen bin.«

»Mike, ich schwöre Ihnen, ich hatte keine Ahnung von der Erpressung! Ich hatte keine Ahnung von der Existenz dieses Menschen, dieses Fry, und von alledem.«

»Vielleicht wußten Sie davon nichts. Und vielleicht war Fry die Kleinigkeit, die Haven das Genick gebrochen hat. Er mußte zahlen, bis er nicht mehr konnte; bis er den Zusammenbruch seiner Pläne und Hoffnungen befürchtete. Davon haben Sie vielleicht nichts gewußt, Adrienne, aber Sie hätten mich einweihen sollen, was das – das andere betrifft ...«

»Tut mir leid«, sagte Adrienne kalt. »Ich muß Sie bitten zu gehen, Mike. Ich habe genug davon.«

»Sie wollen Tony Jerrick aufs Schafott schicken?«

Adrienne fing an zu zittern, ihr Gesicht begann zu glühen, ihre Stirn überzog sich mit einer feinen Schicht von Feuchtigkeit.

»Machen Sie, daß Sie hinauskommen! Sie vertreten nicht mehr meine Interessen!«

»Von jetzt an«, sagte Mike, »vertrete ich meine Interessen. Sie haben mich in Gang gesetzt, Adrienne, und es ist nicht so einfach, mich wieder zum Stehen zu bringen.«

»Warum sollte Ihnen so viel daran liegen?«

»Weil ich ruhig schlafen will. Acht Stunden täglich.«

»Na schön«, sagte Adrienne. »Wenn Sie nicht gehen, dann gehe eben ich.« Sie wandte sich zur Tür, aber Mike trat ihr in den Weg.

»Ich kann Sie nicht gehen lassen. Es tut mir leid, aber es gibt zuviel, was ich wissen muß. Zum Beispiel – wo hat diese verhängnisvolle Sucht begonnen? In New York?«

»Mike, bitte, lassen Sie mich vorbei.«

»Jetzt fühlen Sie sich ziemlich elend, was? Wann haben Sie das Zeug zum letztenmal genommen? Was ist es überhaupt? Heroin?«

»Lassen Sie mich vorbei! Sie können mich doch nicht in meinem eigenen Haus wie eine Gefangene behandeln!«

Mike zögerte, dann verriegelte er die Tür des Arbeitszimmers.

»Doch, das kann ich. Und genau das werde ich tun, bis Sie mir meine Fragen beantwortet haben.«

»Nein, also wirklich!« Sie verschränkte die Arme. »Ich hätte nie erwartet, daß Sie sich aufführen würden wie ein Höhlenmensch, Mike. Ich dachte immer, Sie seien ein intellektueller Typ.«

»Ich werde tun, was ich tun muß, Adrienne. Die Sache ist mir zu wichtig.«

Sie lächelte, aber der Glanz in ihren Augen rührte nicht von Belustigung her.

»Und was, wenn ich die Glastür einschlage? Würden Sie sich mit mir herumbalgen wie ein Ringkämpfer? Würden Sie mir vielleicht sogar einen Kinnhaken versetzen wie in einem alten Gangsterfilm?«

Grimmig wiederholte er: »Ich werde tun, was ich tun muß.«

»Und wenn ich kein Wort mehr sage?«

»Sie brauchen überhaupt nichts zu sagen.«

»Was?«

Mike ging zur Glastür hinüber und versperrte sie ebenfalls.

»Das Verlangen nach Rauschgift wird für sie selbst sprechen, Adrienne. Mir scheint, es spricht schon jetzt aus Ihnen ...«

»Sie sind wahnsinnig!«

»Die Sucht hat Sie in den Krallen, Adrienne. Ich weiß nicht, wie lange Sie es noch ohne Rauschgift aushalten. Unter normalen Umständen würden Sie es vielleicht noch stundenlang ertragen. Aber ich habe den Eindruck, daß das Verlangen schon jetzt immer stärker wird.«

Sie stampfte mit dem Fuß auf. »Ach, Sie verdammter Idiot! Glauben Sie, ich bleibe die ganze Nacht hier drin? Ich kann die Polizei anrufen! Ich kann die Fensterscheiben einschlagen und um Hilfe schreien –«

»Ja«, sagte Mike seelenruhig.

»Und mein Vater? Er wird bald nach Hause kommen –«

»Ich weiß. Ich brenne darauf, mich mit Mr. Kyle zu unterhalten. Bekanntlich war er früher Arzt –«

Adrienne zog die Luft ein und wandte sich ab, der Schweiß auf ihrem Gesicht trat jetzt deutlicher hervor. Sie war gezwungen, ihn mit dem Ärmel ihres Kleides abzuwischen.

»Ihr Vater weiß über Sie Bescheid, nicht wahr? Er muß ganz einfach Bescheid wissen. Vielleicht hat er Ihnen auch geholfen –«

»Wie können Sie so etwas sagen?«

»Ich weiß, wie sehr er Sie liebt, Adrienne. Ich weiß, wozu er für Sie imstande wäre.«

Auf einmal stürzte die Frau auf die Tür zu. Beinahe hätte sie Mike überrumpelt, aber er war doch noch früher dort als sie, packte sie am Handgelenk und verhinderte, daß sie hinausging. Sie widersetzte sich ihm und wimmerte leise; ihre Hände fühlten sich feucht und schlüpfrig an, als Mike sie hinter ihren Rücken zwang.

»Adrienne, geben Sie auf«, bat er. »Lassen Sie es nicht in offene Feindseligkeit ausarten. Ich will Ihnen doch helfen.«

»Mir helfen?« rief sie. »Nennen Sie das Hilfe?«

»Ja! Auch Sie brauchen die Wahrheit –«

»Zum Teufel mit der Wahrheit!«

»Früher haben Sie das nicht gesagt. Sie haben gewußt, daß Tony unschuldig ist. Da wollten Sie die Wahrheit herausfinden –«

»Es hat nichts mit mir zu tun! Ich schwöre Ihnen, Walter hat sich nicht meinetwegen umgebracht –«

»Er hat gewußt, daß Sie rauschgiftsüchtig sind. Er wurde erpreßt. Deswegen hat er's getan.«

Sie knickte ein.

»Also gut, lassen Sie mich los«, sagte sie mit dumpfer Stimme. Nachdem er sie losgelassen hatte, rieb sie sich die Handgelenke. »Gegen Sie kommt man nicht an. Sie Held, Sie!« fügte sie giftig hinzu. Dann setzte sie sich hin.

»Adrienne, es tut mir leid.«

»Es wird Ihnen noch mehr leid tun. Noch viel mehr.« Sie verschränkte die Arme. »Aber wenn Sie nichts weiter vorhaben, als zu warten – bitte sehr. Ich kann auch warten.«

Sie schloß die Augen.

Nach zehn Minuten machte sie sie wieder auf und sah Mike am Bücherregal stehen. Ihre Mundwinkel zuckten, aber sie zwang sich zu lächeln.

»Kommen Sie sich nicht albern vor?«

»Nein«, sagte Mike.

»Sie sehen aber so aus. Ich hätte nie gedacht, daß ich den großen Mike Karr in einer so albernen Situation erleben würde.« Sie gab sich schnippisch. »Sie müssen wissen, Sie haben mir immer ungeheuren Respekt eingejagt. Sie sind immer so streng, so rechtschaffen, so – so unnahbar.«

»Bin ich das?«

Adrienne erhob sich aus ihrem Sessel und rieb sich den Unterarm. Sie schwebte verführerisch auf Mike zu.

»Und noch ein Wort trifft natürlich auf Sie zu«, sagte sie. »Anziehend. Ich nehme an, Sie wissen, wie anziehend Sie wirken, Mike. Ihr gutaussehenden Kerle wißt das ja immer –«

»Hören Sie auf, Adrienne.«

Sie strich mit der rechten Hand an seinem Rockaufschlag entlang.

»Ach ja, ich weiß schon, Sie sind verheiratet. Sie führen eine schöne, makellose Ehe mit der schönen, makellosen Nancy...«

»Setzen Sie sich, Adrienne, das macht es für uns beide leichter.«

»Glücklich verheiratete Männer haben immer etwas leicht Widerliches an sich. Sie geben sich solche Mühe – sich ihr Interesse an anderen Frauen nicht anmerken zu lassen.« Sie lehnte sich an ihn. »Wie jetzt. Sie geben sich doch Mühe, Mike?«

»Nein, Adrienne«, sagte er. »Wenn sich hier jemand anstrengt, dann sind Sie das.« Er wandte sich ab, trat zur

Tür. Im nächsten Moment knallte ein Buch dagegen, und er hob den Arm, um sich vor dem zweiten zu schützen, das auf ihn zuflog. Es prallte an seinem Ellbogen ab und sandte eine Schmerzwelle bis zu seinen Fersen.

»Sie Dreckstück!« kreischte Adrienne. »Lassen Sie mich hier raus! Lassen Sie mich raus!« Sie zerrte noch ein Buch vom Regal und schleuderte es, diesmal ohne zu treffen. Mike packte ihren Arm, bevor sie noch mehr Schaden anrichten konnte, und diesmal wehrte sie sich zwar heftiger, aber nicht so lange. Schließlich brach sie in Tränen aus.

Mike bat sie: »Adrienne, sagen Sie mir die Wahrheit. Ich will Ihnen nicht weh tun, ich schwör's Ihnen –«

»Dann lassen Sie mich gehen!« schluchzte sie. »Das ist das einzige, was mir helfen kann.«

»Sie brauchen einen Shot, stimmt's? Ist es soweit? Sie brauchen etwas, jetzt sofort –«

»Ja! Ich brauche Luft! Ich muß hier weg! Ich ersticke!« Sie nestelte an ihrem Kragen herum, und Mike hörte das Geräusch zerreißenden Stoffes. »Mike, ich ertrage es nicht, eingesperrt zu sein, sehen Sie das nicht?«

»Sie brauchen Ihr Gift, das ist alles.«

»Nein!« schrie sie ihm ins Gesicht.

»Sehen Sie doch, wie Ihre Hände zittern –«

»Herrgott!« rief Adrienne. »Warum müssen Sie mich so quälen? Warum?«

»Ich weiß sonst keinen Weg.«

»Sie bringen mich um! Sie bringen mich um!« Sie war nahe daran, hysterisch zu werden. Sie wandte sich ab und ging zum Schreibtisch. Als sie sich wieder umdrehte, glitzerten ihre Augen noch mehr als vorher, sie funkelten vor Wut. Und noch etwas glitzerte an ihr. Mike sah nicht, was es war, bis sie den Arm hob und ein metallisches Aufblitzen auf seine Brust hinabstieß. Er blockierte es mit der linken Hand, traf ihren Arm so hart, daß die Schere quer durchs Zimmer flog und gegen die Wand gegenüber klirrte.

Sie schauten beide auf den Gegenstand, der beinahe zur Mordwaffe geworden wäre, und der Schock der Erkenntnis schien Adrienne zu ernüchtern. Vielleicht hätte sie etwas gesagt, aber ein anderes Geräusch drängte sich vor. Jemand drehte am Türknauf.

»Adrienne?« sagte ihr Vater draußen. »Bist du da drin, Liebling?«

»Daddy!« rief sie. Sie rannte zur Tür, und diesmal ließ Mike sie gewähren. »Daddy, hilf mir, hilf mir!« schluchzte sie und fingerte am Schloß herum.

»Adrienne! Was ist denn?«

»Daddy, bitte! Es ist Mike Karr – er hat mich hier eingesperrt –«

Kyle pochte an die Tür, hämmerte wütend drauflos.

»Lassen Sie sie heraus! Hören Sie mich? Lassen Sie meine Tochter in Frieden!«

Mike seufzte und ging zur Tür. Adrienne war nicht fähig, aufzusperren, also half er ihr.

Die Tür ging auf, und Adrienne flog in die Arme ihres Vaters wie ein Kind mit gebrochenem Herzen.

»Ach, Daddy«, wimmerte sie, »er weiß alles, alles, er weiß es, er weiß es ...«

»Sie müssen versuchen, mich zu verstehen«, bat Eldor Kyle. »Ich habe Ihnen erzählt, was für ein Mensch ich bin, daß ich meiner Familie gegenüber versagt habe, wie viele Fehler ich in meinem Leben gemacht habe. Als Adrienne zu mir kam, nachdem sie in New York die Hölle durchlebt hatte, konnte ich sie nicht abermals im Stich lassen. Ich wollte ihr helfen, wollte sie für all den Kummer entschädigen, den ich ihr zugefügt hatte, wollte diesen neuen Schmerz lindern, den sie sich selbst zufügte ...«

»Sie meinen die Rauschgiftsucht«, sagte Mike.

»Ja. Mein kleines Mädchen war süchtig geworden. Können Sie sich vorstellen, wie mir zumute war? Ich war Arzt, ich wußte, was Rauschgiftsucht bedeutet, bis zu welchem Grad sie einen Menschen zerstören kann. Adrienne war in der Großstadt zermürbt worden – so war es passiert.«

»Haben Sie nicht versucht, sie zu heilen? Haben Sie sie nicht in ein Sanatorium geschickt?«

»Ich habe es versucht. Sie war schwierig zu behandeln. Sie wollte keine Entziehungskuren, sie wollte in Ruhe gelassen werden. Ich wollte sie zur Aufgabe des Giftes zwingen, aber die Entwöhnungssymptome waren so schrecklich – ich konnte nicht mitansehen, wie sie litt. Ich war schwach – ich habe nachgegeben ...«

»Sie haben ihr verschafft, was sie brauchte«, sagte Mike tonlos.

»Ja. Ich habe sie damit versorgt. Ich konnte mir Opiate ganz leicht beschaffen; sie brauchte sich nicht mit Händlern abzugeben, mit Verbrechern einzulassen. Ich habe ihr das Zeug geliefert, solange ich konnte.«

»Und auf diese Art haben Sie ihr ›geholfen‹?« fragte Mike ungläubig. »Haben Sie sich wirklich eingebildet, ihr einen Gefallen zu tun?«

»Ich war schwach. Ich war feige. Ich habe sie so geliebt, mein kleines Mädchen – wenn sie nur glücklich war, wenn sie nur nicht leiden mußte, und sei es auch mit der Hilfe von Rauschgift ... Ich wußte mir keinen anderen Rat.«

Er hielt inne, und Mike mußte ihn zum Weitersprechen auffordern.

»Aber dann«, fuhr Kyle fort, »geriet ich in Schwierigkeiten. Die Ärztekammer veranstaltete eine Umfrage, die sich mit dem erhöhten Rauschgiftverkauf befaßte. Man hatte einige Ärzte beschuldigt, Süchtige aus ihrem Patientenkreis zu beliefern. Es kam zu einer Untersuchung, und dabei erfuhr man auch von meinem eigenen Bedarf. Ich konnte die Verdachtsmomente nicht durch das Vorlegen der von mir ausgefertigten Rezepte entkräften ...«

»Haben Sie Ihre Zulassung verloren?« fragte Mike.

»Nein. Es kam nie zur Verhandlung. Ich habe mich einfach aus dem Berufsleben zurückgezogen. Ich wollte der Schmach nicht ins Auge sehen, und ich wollte auch die Krankheit der armen Adrienne nicht öffentlich bekanntwerden lassen. Also habe ich meine Praxis einfach aufgegeben. Damals sind wir nach Monticello übersiedelt.«

»Und von da an blieb Ihnen keine andere Wahl mehr. Sie mußten sich mit Verbrechern einlassen, um das Rauschgift zu besorgen. Mit Verbrechern wie Sawyer oder Kessie – oder wie auch immer er heißen mag ...«

»Ja«, gab Kyle zu. »Ich bekam mit ihnen zu tun.«

»Und Ihre Tochter war weiterhin süchtig, aber niemand wußte etwas davon. Nicht einmal Walter Haven.«

»Walter hatte keine Ahnung. Ich trug die Last von Adriennes Geheimnis ganz allein und auch die Kosten dafür. Es brachte meine Ersparnisse zum Dahinschmelzen, aber das war mir egal. Ich hatte noch ein winziges Vermögen; ich verdiente etwas dazu durch Artikel für medizinische Zeitschriften ...«

»Und als sie Walter Haven geheiratet hatte? Spürten Sie da die Belastung immer noch?«

»Sie wurde sogar größer«, sagte Kyle. »Denn da trat Kessie in mein Leben – und dieser Joachim Fry.«

»Dann gehörten also Sie zu ›Joachims Freunden‹!«

»Ja. Ich geriet in die Klauen dieses Verrückten. Fry drohte mir, er werde Walter und alle Welt über die Sucht meines armen Kindes aufklären. Er zwang mich, tausend Dollar zu spenden, jedesmal wenn es ihm einfiel, einen ›Klavierabend‹ zu veranstalten. Ich mußte eine schwarze Maske tragen, um mein Gesicht vor den anderen zu verbergen –«

»Fry hat also nicht gelogen, als er sagte, Haven habe seinem ›Freundeskreis‹ nicht angehört. Und doch – wir haben die Einladung hier in diesem Zimmer gefunden. In Walters Arbeitszimmer.«

»Ja«, sagte Kyle.

»Was hatte sie hier zu suchen? Heißt das, daß Walter schließlich doch die Wahrheit erfahren hat?«

»Ja«, gab Kyle zu. »Am Schluß hat er die Wahrheit erfahren – von mir.« Nach einer kurzen Pause fuhr er fort: »Allmählich ging mir nämlich das Geld aus.

Einmal hatte es ja so weit kommen müssen. Es war kein Geld mehr da. Mein Vermögen hatte ich verbraucht, um Rauschgift zu kaufen und Joachim Fry für sein Schweigen zu bezahlen. Die Artikel in den Zeitschriften brachten mir immer weniger ein. Und die Forderungen des Erpressers wurden immer höher. Als schließlich abermals eine von Frys Einladungen eintraf, stellte ich fest, daß ich den Betrag für die Spende nicht mehr aufbringen konnte. Und das bedeutete, daß das Geheimnis meiner Tochter nicht länger gewahrt werden würde.

Ich hatte keine andere Wahl, Mr. Karr. Wirklich nicht. Ich mußte dort Hilfe suchen, wo ich vielleicht welche bekommen konnte, und es gab nur einen Menschen, an den ich mich wenden durfte. Es blieb mir nichts anderes übrig, ich mußte meinem Schwiegersohn die Wahrheit über seine Frau mitteilen.

Ich wußte nicht, was ich erwarten sollte. Ich konnte mir denken, daß die Neuigkeit für Walter einen Schock darstellen würde. Aber ich rechnete damit, daß seine Liebe zu Adrienne stark genug sein würde, ihm über den Schock hinwegzuhelfen.

Doch auch darin hatte ich mich getäuscht. Sehen Sie? Ein Versagen nach dem anderen. Ich hatte mich insofern geirrt, als Walter einfach entsetzt war, und sonst gar nichts. Rauschgift! Erpressung! In seinen eigenen vier Wänden! Daran auch nur zu denken, an den Skandal, an den Schaden, den es seiner politischen Karriere zufügen konnte... Er hatte allen Ernstes vor, für das Amt des Gouverneurs zu kandidieren, das hat er mir selbst erzählt! Er sah nur eines: Adriennes Probleme bedeuteten das Ende seiner Hoffnungen...

Er hat etwas Furchtbares zu mir gesagt, Mr. Karr. Er hat gesagt, er wolle damit nichts zu tun haben; er werde sich von Adrienne und ihren Problemen lossagen; er werde sich von dem Krebsgeschwür befreien, das sie für ihn darstelle...

Ich konnte es erst nicht glauben. Er verweigerte nicht nur seine Hilfe, er wollte geradezu Verrat begehen. Er wollte Adrienne verlassen! Er sagte, er habe schon seit längerer Zeit an eine Trennung gedacht, seit er herausgefunden hatte, wie wenig sie gemeinsam hatten. Aber in Anbetracht seines guten Rufes habe er es bisher unterlassen, die nötigen Schritte einzuleiten. Jetzt aber sah er keinen Ausweg mehr. Er wollte mein armes Kind verlassen

Verlassen! In dem Augenblick, wo sie ihn am meisten brauchte!

Ich wußte nicht ein noch aus. Was er sagte, was ich angerichtet hatte, erfüllte mich mit Entsetzen. Ich hatte geglaubt, klug zu handeln, indem ich mich Walter anvertraute – und nun stellte sich heraus, daß ich das Leben meines Kindes ruiniert hatte. Dieser Mann wollte ihr das gleiche antun, was ich Adriennes Mutter angetan hatte – er wollte einfach davonlaufen und sie ihrem leidvollen Schicksal überlassen. Das konnte ich nicht zulassen. Das durfte ich nicht zulassen!

Er begann Adrienne einen Brief zu schreiben. Er wollte sie noch am selben Abend verlassen! Vor meinen Augen griff er nach der Feder und begann zu schreiben: ›Adrienne, Liebste, verzeih mir‹...

Ich konnte nicht länger zusehen. Der Revolver fiel mir ein, den Walter im Schreibtisch verwahrte. Ich nahm ihn und fuchtelte ihm damit vor der Nase herum wie ein Verrückter, ich dachte – ich weiß nicht, was. Ich nehme an, ich wollte ihn erschrecken. Aber statt dessen erschreckte er mich. Er wurde zornig, rasend vor Wut. Er stand auf und wollte über mich herfallen. Ich drückte ab. Der Schuß traf seinen Kopf. Er sank in den Sessel zurück, fiel auf die Schreibunterlage. Ich warf die Waffe weg und lief davon. Da sehen Sie, Mr. Karr, ich hatte noch einen Fehler gemacht, und durch diesen war ich sogar zum Mörder geworden. Aber ich habe alles nur für sie getan, glauben Sie mir. Für mein kleines Mädchen.«

Das Telefon klingelte. Obwohl es im Zimmer totenstill war, schien Mike es zunächst nicht zu hören, aber schließlich hob er doch den Hörer ab.

Bill Marceau knurrte: »Mike? Na also, ich habe doch gewußt, daß ich dich früher oder später erwische. Warum bist du nicht am Tatort geblieben?«

»Tut mir leid, Bill.«

»Na, jedenfalls haben wir den Kerl festnehmen können, auf den du uns hingewiesen hast. Sawyer alias John Kessie; beim Autobusbahnhof haben wir ihn erwischt. Aber nächstes Mal bleib gefälligst am Tatort!«

»Da bin ich ja«, sagte Mike.

»Was?«

»Ich bin am Tatort«, sagte Mike und schaute zu Adrienne hinüber, die an der Glastür des Arbeitszimmers stand und hinausstarrte. »Ich bin im Haus der Havens, Bill, und ich möchte, daß du herkommst. Ich habe dir einiges zu berichten.«

Er legte auf. Dann ging er zu Adrienne Haven hinüber, die den nächtlichen Himmel betrachtete.

»Das sieht aus wie ein Gewebe, nicht?« sagte sie. »Die Nacht ist mir immer so vorgekommen. Wie ein dunkles, seidiges Gewebe, das die Welt zudeckt.«

Henry Slesar
im Diogenes Verlag

Coole Geschichten für clevere Leser
Aus dem Amerikanischen von Thomas Schlück
detebe 21046

Fiese Geschichten für fixe Leser
Deutsch von Thomas Schlück
detebe 21125

Schlimme Geschichten für schlaue Leser
Deutsch von Thomas Schlück
detebe 21036

Das graue distinguierte Leichentuch
Roman. Deutsch von Paul Baudisch und Thomas Bodmer
detebe 20139

Vorhang auf, wir spielen Mord!
Roman. Deutsch von Thomas Schlück
detebe 20216

Erlesene Verbrechen und makellose Morde
Geschichten. Deutsch von Günter Eichel. Vorwort von
Alfred Hitchcock. Zeichnungen von Tomi Ungerer
detebe 20225

Ein Bündel Geschichten für lüsterne Leser
Deutsch von Günter Eichel. Vorwort von Alfred Hitchcock
Zeichnungen von Tomi Ungerer
detebe 20275

Hinter der Tür
Roman. Deutsch von Thomas Schlück
detebe 20540

Aktion Löwenbrücke
Roman. Deutsch von Günter Eichel
detebe 20656

Ruby Martinson
Geschichten vom größten erfolglosen Verbrecher der Welt
Deutsch von Helmut Degner
detebe 20657

Böse Geschichten für brave Leser
Deutsch von Christa Hotz und Thomas Schlück
detebe 21248

Die siebte Maske
Roman. Deutsch von Gerhard und
Alexandra Baumrucker
detebe 21518

Joan Aiken
im Diogenes Verlag

Die Kristallkrähe
Roman. Aus dem Englischen von Helmut Degner
detebe 20138

Das Mädchen aus Paris
Roman. Deutsch von Nikolaus Stingl
detebe 21322

Der eingerahmte Sonnenuntergang
Roman. Deutsch von Karin Polz
detebe 21413

Tote reden nicht vom Wetter
Roman. Deutsch von Nikolaus Stingl
detebe 21477

Ärger mit Produkt X
Roman. Deutsch von Karin Polz
detebe 21538

Ray Bradbury
im Diogenes Verlag

Der Tod ist ein einsames Geschäft
Roman. Aus dem Amerikanischen
von Jürgen Bauer. Leinen

Die Mars-Chroniken
Roman in Erzählungen
Deutsch von Thomas Schlück
detebe 20863

Der illustrierte Mann
Erzählungen. Deutsch von Peter Naujack
detebe 20365

Fahrenheit 451
Roman. Deutsch von Fritz Güttinger
detebe 20862

Die goldenen Äpfel der Sonne
Erzählungen. Deutsch von Margarete Bormann
detebe 20864

Medizin für Melancholie
Erzählungen. Deutsch von Margarete Bormann
detebe 20865

Das Böse kommt auf leisen Sohlen
Roman. Deutsch von Norbert Wölfl
detebe 20866

Löwenzahnwein
Roman. Deutsch von Alexander Schmitz
detebe 21045

Das Kind von morgen
Erzählungen. Deutsch von Hans-Joachim Hartstein
detebe 21205

Die Mechanismen der Freude
Erzählungen. Deutsch von Peter Naujack
detebe 21242

Familientreffen
Erzählungen. Deutsch von Jürgen Bauer
detebe 21415

*Dolly Dolittle's Crime Club
im Diogenes Verlag*

Band 1
Schreckliche Geschichten von Joan Aiken,
Patricia Highsmith, Margaret Millar,
Celia Fremlin, Robert Bloch,
Ross Macdonald, Cornell Woolrich,
Edward D. Hoch und anderen
detebe 20277

Band 2
Schreckliche Geschichten von
Patricia Highsmith, Henry Slesar, Eric Ambler,
F. Scott Fitzgerald, W. Somerset Maugham,
Fletcher Flora, Ed Dumonte und anderen
detebe 20278

Band 3
Schreckliche Geschichten von Jack Ritchie,
Victor Canning, Robert Graves, Francis Clifford,
John Wyndham, Julian Symons und anderen
detebe 20279

Band 4
Schreckliche Geschichten von Helen Nielsen,
Joan Aiken, Ray Bradbury, Joan Fleming,
Richard Matheson, Celia Fremlin, David Ely,
Jane Speed und anderen
detebe 20664